Michele Goi

Inferis

Michele Goi
INFERIS

Thriller

Bibliografische Information der Deutschen Nationalbibliothek:
Die Deutsche Nationalbibliothek verzeichnet diese Publikation in
der Deutschen Nationalbibliografie; detaillierte bibliografische
Daten sind im Internet über http://dnb.dnb.de abrufbar.

Buchcoverdesign: Sarah Buhr/ www.covermanufaktur.de unter
Verwendung von Bildmaterial von Andrey Prokhrov; Patrick
Krabeepetcharat; Wilqkuku / shutterstock.com und Volodymyr
Kyrylyuk / adobe stock

Herstellung und Verlag: BoD – Books on Demand, Norderstedt

ISBN: 978-3-7528-1460-6

www.michelegoi.com

Immer wenn Böses geschieht, zieht es den Teufel an.

Für N. – auf ewig.

Kapitel I - Neuanfang

Es fühlte sich für Christian an, als würde seine Haut schmelzen, obwohl seine Schicht bei Tyrell's Büroartikel eben erst begonnen hatte. Es war Hochsommer. Christian hielt die Hitze in diesem Büro einfach nicht mehr aus. Der Ventilator war wieder einmal defekt.

Noch etwas mehr als sechs Stunden lagen vor ihm. Er schloss die Augen und atmete tief ein. Die Wanduhr hatte schon seit geraumer Zeit zu ticken aufgehört. In seinen Gedanken sass er in einer einsamen Waldhütte irgendwo hoch oben im Norden. Er dachte an Schnee, während er untätig auf seinem Bürostuhl vor seinem blinkenden Rechner hockte. Riesige, in der Luft tanzende Schneeklumpen landeten sanft aus dem stahlgrauen Himmel direkt auf die einsame Hütte mitten im Wald. Fünfzig Zentimeter Zuckerwatteschnee, der alles um ihn herum in eine verschneite Märchenwelt verzauberte. Aus dem Kamin sah er dichten Rauch aufsteigen. Um das Haus herum war nichts weiter als Bäume - Bäume und eine endlose Stille. Einzig das sanfte Klicken der Schreibmaschine vermochte sich der Stille zu widersetzen. Klick- klick- klick. Eine Schreibmaschine war an diesem Ort alles, was er brauchte. Diese und seine ungebrochene Fantasie. Hier oben könnte er sich seiner Schreibblockade entledigen und an seinem längst überfälligen Roman weiterschreiben. Er sieht seine Freundin Mary hinter ihm stehen. Sie sieht ihm beim Arbeiten zu. Ihre langen schwarzen Haare bedecken sanft seine Schultern, auf welche sie liebevoll ihre Hände gelegt hat.

In seinem Tagtraum sah sie aus wie Schneewittchen. Wunderschön und vollkommen. Sein ganzes Leben lang hatte er nach einer Frau wie Mary gesucht. Und da stand sie, bei ihm. Ob er dort wirklich seine Schreibblockade überwinden könnte? Mit Sicherheit! Sechs Stunden noch. Erneut tiefes Durchatmen. Christian öffnete die Augen wieder und blicke in das Gesicht einer schläfrigen Bulldogge. Nein, Moment. Es war ein Mann. Ach ja, richtig, da wollte doch irgendjemand etwas von ihm.

„Alles klar, Bursche? Ich rede mit dir!"
Seine Stimme war lustlos und einschläfernd zugleich.

„Ja klar, ich hör Sie, Mr. Nappo. Ist nur so unheimlich heiss heute."

Vor ihm stand sein Chef Walter Nappo. Er war etwas üppig und sein Gesicht ähnelte einer bereits viel zu alten, schläfrigen Bulldogge. Seine Wangen schienen jeden Tag etwas mehr zu hängen. Aus seinem Mund drängte der penetrante Duft von Unverdautem. Wäre er nicht bereits daran gewöhnt gewesen, wäre ihm bei diesem Anblick sicherlich übel geworden. Mit beiden Händen stützte er sich mühevoll auf dem überfüllten Schreibtisch ab, welcher sich unter seinem Gewicht zu biegen drohte.

„Hoffentlich hält er", dachte Christian und musste dabei ein kurzes Lächeln unterdrücken. Er wandte kurz seinen Kopf zur Seite und sah hinter Nappos Schultern, wie ihn sein Arbeitskollege Frank vom Schreibtisch gegenüber höchst neugierig anglotzte. „Tja, Pech gehabt." Sein Gesichtsausdruck liess sich einfach deuten. Mit Frank hatte er nie besonders viel geredet, was daran lag, dass all das, was er sagte, nicht besonders klug war.

Christian ahnte bereits, dass der Besuch von Herrn Nappo nichts Gutes zu bedeuten hatte. Nach einem kurzen Schweigen fuhr dieser fort: „Komm doch kurz in mein Büro, Bursche. Wir müssen da etwas besprechen."

Der dickbäuchige Mann ging voran. Christian folgte ihm. Walter mass knapp einen Meter fünfundsechzig und bewegte sich mit der eilfertigen Gewandtheit, die offenbar allen kurzen Dicken zu eigen ist. Die beiden verliessen gemeinsam die Büroräume. Es ging durch einen schier endlos wirkenden, kahlen Gang, auf dessen Boden einige bunte Linien gezogen waren. In diesem Moment fielen sie Christian nach langer Zeit wieder auf. Er hatte solche zuletzt in einer Spitaleinrichtung gesehen. Der Gang schien immer enger zu werden. Als würden sich die Wände auf Christian und die alte Bulldogge zubewegen.

„Jetzt bloss nicht die Nerven verlieren", dachte Christian, während er langsam in Gänseschritten seinem Boss hinterhermarschierte. Die Wände rückten immer näher. Beim erneuten Hinsehen war wieder alles normal. Sie folgten der roten Linie. Die rote Linie - sie würde ihn direkt zu seiner Entlassung führen.

Im oberen Stockwerk angekommen, schaute Christian kurz über Nappos Schultern und musterte die Frau, die selbstgefällig hinter ihm am Empfang hockte. Sie war relativ alt, klein und wirkte mit ihrem Buckel ziemlich gebrechlich. Ihr Haar war lang und immer noch leicht golden.

„Sie muss früher mal ziemlich hübsch gewesen sein", dachte Christian, während er sie von der Seite betrachtete.

„Sorgen Sie dafür, dass wir nicht gestört werden."

Walters Atem war durch das Bewältigen der Treppe vorhin noch etwas stockend. Sie bejahte und tippte weiter irgendwelche Quartalszahlen für den Halbjahresbericht. Dabei gab sie sich alle Mühe, Christian gekonnt zu ignorieren. Dies tat sie jedes Mal, wenn er hier oben war, um die Lohnblätter abzugeben. Sie mochte ihn nicht und wusste wohl bereits, was auf ihn zukommen würde. Er folgte seinem Chef weiter in sein privates Büro.

In Herrn Nappos Räumlichkeiten angekommen, lief für Christian gefühlt alles in Zeitlupe ab.
Er sass am unteren Ende eines viel zu grossen Schreibtisches wie ein Häufchen Elend. Von irgendwoher drang Musik in den Raum, während die kleine

Bulldogge zu ihm sprach. Es war ein älterer Song, dessen genauen Titel er nicht kannte. Der Raum war abgedunkelt und es war hier etwas kühler als im Rest des Gebäudes. Christian schaute sich um. Die Worte seines Vorgesetzten, welche auf ihn einprasselten, verstand er nicht. Musste er aber auch nicht. Das pulsierende Etwas auf Walter Nappos Stirn bewegte sich im Sekundentakt, während er, sich auf dem Tisch abstützend, auf ihn einredete.

Aus Kostengründen müsse er ihn heute entlassen. Schlechte Wirtschaftslage. Eventuelle Besserung in den nächsten acht bis zwölf Monaten.

Walters Bulldogengesicht widerte Christian in diesem Augenblick fürchterlich an und weckte zugleich Mitleid in ihm. Er blickte, während er weiter ruhig da sass, auf Nappos unförmige und viel zu grosse Nase, die von schwarzen Punkten übersät war. Es täte ihm von Herzen leid und wenn er nur könnte, würde er ihn gerne behalten, da er seine Arbeit stets zufriedenstellend erledigt habe, fuhr er fort. Dies war - und da war er sich sicher - sichtlich gelogen. Christian wusste, dass sich Walter nie für seine Arbeiten und sein Tun interessiert hatte, solange die Zahlen stimmten.

Er sei ja ein guter, netter Bursche und würde mit Bestimmtheit etwas Neues finden. Für ein allfälliges Arbeitszeugnis dürfe er sich gerne bei der Sekretärin melden, wenn er denn wolle.

Christian liess all diese Worte ungeschützt auf sich niederprasseln. Ihm war seine bisherige Arbeit, alles was er heute hier hinter sich lassen musste, in diesem Moment vollkommen egal. Er wollte nur noch raus, und zwar sofort. Dieses Büro sowie sein gesamter Arbeitsplatz mit all den darin arbeitenden Sklaven ekelten ihn nur noch an. Wieder schienen sich die Wände auf ihn zuzubewegen.

„Alles klar, Bursche?"

„Natürlich. Alles bestens. Ich werde mit einem positiven Auge auf unsere gemeinsame Zeit hier zurückblicken."

Christian machte gute Miene zum bösen Spiel und bedankte sich herzlich für das entgegengebrachte Vertrauen. Auf dass man sich hoffentlich bald wiedersehen möge.

Die in die Jahre gekommene Sekretärin mit ihren goldenen Haaren beachtete ihn auch beim Hinausgehen nicht und tippte mit ihren beiden Zeigefingern weiter auf ihre Tastatur.

Anschliessend räumte Christian zügig seinen Arbeitsplatz und ertrug die tröstenden Worte von Frank, welcher mit seinem gekünstelten Lächeln wohl einzig und allein froh war, dass es hier und heute nicht ihn getroffen hatte. Noch nicht jedenfalls. Frank hatte eine junge Familie. Ihn würde es wohl erst als Letzter treffen. Christian packte alles in einen Karton und machte sich erneut den Gang ent-

lang auf den Weg, diesmal jedoch in die entgegenge-
setzte Richtung: den Gang entlang Richtung Freiheit.
Immer geradeaus, der grünen Linie nach. Sein ganzes
Hab und Gut, welches er die letzten fünf Jahre hier
angesammelt hatte, passte in eine kleine braune
Kiste, welche er nun vor seinem Körper hielt.

„Doch ein wenig deprimierend", dachte er, während er weiterging.

Die grüne Linie führte ihn hinaus an die frische
Luft. Hinaus ins blendende Licht. Der Himmel war
unfassbar blau an diesem Vormittag. Die paar vereinzelten Wolken, die ganz still hoch oben verweil-
ten, liessen den Himmel wie eine Hochglanzfotogra-
fie wirken. Er musste sich erst an das grelle Sonnenlicht gewöhnen, als er endlich draussen angekommen war. Die Einfahrt hinter dem Haus war leer.
Etwas weiter rechts hatte Nappo seinen protzigen
Range Rover geparkt. Er stand schräg auf dem Parkplatz vor den meterhohen Büschen. Christian setzte
sich auf die steinerne Treppe des Gebäudes und
wartete. Er hatte vorhin seiner Freundin Mary geschrieben, dass sie ihn von hier abholen solle.
Einige Zeit später hielt ihr dunkles Familienauto vor
dem Gebäude. Sie hatte sich umgehend auf den Weg
gemacht, um ihn abzuholen. Christian bewegte sich
auf den Wagen zu, ohne sich nochmals umzudrehen.
Auf Nimmerwiedersehen. Er würde die Arbeit hier
bestimmt nicht vermissen. Er ging gemächlich zum

schwarzen Volkswagen seiner Freundin. Seine Kiste verstaute er im Kofferraum. Nachdem er die Autotür geschlossen hatte, sah er etwas beschämt zu Boden. Natürlich war es sein Plan gewesen, früher oder später von hier zu verschwinden, jedoch nicht auf diese Art und Weise.

„Hey Mein Engel!" Er bemerkte sofort, dass sie ihn mitleidend anschaute. Mitleid, das er jedoch nicht wollte. Mitleid, welches er auch nicht brauchte. Er schaute nun zu ihr hoch. „Hey", erwiderte er. Er gab ihr einen kleinen Kuss auf den Mund.

„Danke, dass du mich holen kommst."

„Mache ich gerne", erwiderte sie. „Hast du ihm wenigstens eins übergebraten? So wie in den Filmen immer, weisst du."

Beide mussten nun laut loslachen. Er schenkte ihr nach langer Zeit wieder ein zärtliches Lächeln. Dieses dauerte nur wenige Sekunden, was ihr jedoch bereits reichte. Ihre katzenartigen hellblauen Augen liessen ihn für einen kurzen Moment all seine Probleme vergessen. Der Wagen setzte sich in Bewegung. Es war Zeit, ein letztes Mal in ihr altes Zuhause zu fahren.

Nur wenige Stunden später stand Christian vor den letzten paar Umzugskisten, welche noch nicht im Auto Platz gefunden hatten. Es handelte sich dabei um einen Teil seiner Büchersammlung. Ein paar Romane von Stephen King, Bände mit skurrilen Namen wie Die Saat, Das Blut oder American Psycho. Er las oft diese schrecklichen „Horrorbücher", wie Mary sie immer nannte. Dabei betonte sie dies so auffallend übertrieben, als handle es sich dabei um etwas Verbotenes, wenn nicht gar Schmutziges.

Weitere Kisten waren randvoll mit Tellern und dem Besteck, welches die beiden damals von ihren Eltern zum Einzug bekommen hatten, gefüllt.

„Bist du bereit?" Ihre sanfte Stimme riss Christian aus seinen Gedanken. Der Raum war zu später Stunde immer noch angenehm warm. Aus dem kleinen Radio, welches noch in der Ecke stand, ertönte der Klang eines Saxophons. Mary hatte längst bemerkt, dass Christian es im Moment etwas schwer hatte. Nicht nur im Moment, eigentlich schon seit geraumer Zeit. Er war schon seit längerem nicht mehr glücklich mit seiner Arbeit. Er zog sich auch zu Hause immer mehr zurück und widmete sich vermehrt dem Schreiben seiner Geschichten. Doch auch bei denen wollte es seit kurzem nicht mehr so klappen.
Also mussten die beiden etwas ändern. Darin waren sie sich einig. Es war die Zeit gekommen, um eine Veränderung ins Leben zu bringen. Mary wollte ihm dabei zur Seite stehen und ihn unterstützen.

„Wir fangen nun ein neues Leben an, mein Schatz", begann sie. „Fort von all dem. Weg aus dem Stadtleben, weg von diesem Stress und dem ganzen Gehetze. Einfach weg! Weg von all dem hier." Sie blickte im leeren Raum herum. Christian schaute zu ihr und sah tief in ihre liebevollen, blauen Augen. Sie strich ihm sanft über sein Gesicht. Ihm gefiel diese Zärtlichkeit.

Mary schob auf dem improvisierten Bett ein paar Sachen zur Seite und setzte sich. Christian tat es ihr gleich. „Sie ist so wunderschön", dachte er.

Das Saxophon war nun verstummt. Stattdessen sang Adele mit voller Stimme aus den kleinen Lautsprechern des Gerätes. Mary legte ihre Hand auf seinen Schoss und fuhr fort: „Sobald wir morgen angekommen sind, richten wir uns ein und du setzt dich an deinen Roman und beendest deine Geschichte. Sie ist gut. Das weisst du. Und sobald du damit abgeschlossen hast, suchen wir dir wieder einen neuen Job. Ein Neuanfang."

Bei diesen Worten lächelte Christian. Sie hatte recht. Weg war er, sein besorgter Blick und damit all seine Ängste. Er legte seine Hand auf die ihre.
Ihre zarten Finger drückten sanft gegen seine Hand. „Neuanfang", flüsterte Chris und küsste sie zärtlich zu Adeles Song „Make You Feel My Love".

Kapitel II - Dorfleben

Die gemeinsame Leidenschaft war stets vorhanden. Christian schlief nun seelenruhig neben ihr. Er war ihr Freund - ihr Seelenpartner. Die Klänge aus dem Radio waren verstummt, als sie miteinander schliefen. Sie drehte sich langsam zur anderen Seite. Sein erkalteter Samen lief langsam an ihren glatten Schenkeln herab. Ein gutes Gefühl.

Es war die letzte Nacht in ihrem alten Heim. Das schimmernde Leuchten der Strassenlaternen drang spärlich von draussen durch das Schlafzimmerfenster hinein. Die beiden lagen auf einer einzelnen Matratze auf dem Boden. Mary konnte keinen Schlaf finden. Der bevorstehende Neuanfang erfüllte sie zugleich mit Zuversicht sowie mit Trauer. Sie würde all das hier zurücklassen. Familie sowie Freunde blieben hier. Für den Weg zur Arbeit würde sie neu über anderthalb Stunden einplanen müssen. Und dies bloss in eine Richtung.

Der Gedanke an Christian und was sie beide gemeinsam noch alles erleben würden, liess sie den aufkommenden Anflug von Trauer schnell wieder vergessen. Während das Bewusstsein sie langsam verliess, dachte sie daran, wie sehr sie ihren Chris doch liebte. Es würde ihm mit ihrem nächsten gemeinsamen Schritt sicherlich bald wieder besser gehen. Die Erinnerung daran, wie fröhlich sie waren, als sie sich kennengelernt hatten und als sie dann nach kurzer Zeit hier eingezogen waren, umhüllte sie. Sie wollte es für ihn tun. Und sie würde es gerne tun. Er war der Mann, den sie liebte. Der Mann, mit welchem sie ihr Leben bis zum Schluss verbringen wollte. Selbst wenn sie dafür mit ihm eine kurze Zeit aufs Land ziehen musste, machte sie es gerne. Sie dachte noch eine kurze Zeit an den Umzug, ehe sie den beruhigenden Schlaf fand. Während der Samen ihres geliebten Freundes langsam an ihren Schenkeln trocknete, träumte sie von ihrer gemeinsamen Zukunft.

„Wir sind schon fast da", sagte Mary. Christian tupfte sich mit einem Teil seines Shirts mühselig den Schweiss von der Stirn. Die beiden waren bereits in den frühen Morgenstunden aufgebrochen.

„Gott sei Dank. Die Hitze ist unerträglich."

Seine glänzende Stirn schien das Licht zu reflektieren. Die Uhr zeigte bereits Mittag an und die Sonne brannte unermüdlich durch die Autoscheibe auf sie hinab. Er sass auf dem Beifahrersitz, vor ihm ein geöffnetes Taschenbuch mit grossen Buchstaben am Einband: Solaris von Stanislaw Lem. Er trug sein weisses Shirt mit dem V-Ausschnitt, welches ihr so gefiel. Christian zog es meist an, wenn sie gemeinsam essen gingen. Sie trug ein blaues Sommerkleid, das für Chris mit Abstand das schönste war, das er je gesehen hatte. Jenes Kleid, so fand er, liess sie mit ihren glatten, schwarzen Haaren wie eine Göttin wirken. Er legte die Hand auf ihren Schoss und küsste sie zärtlich auf die Wangen. Mary genoss es sichtlich.

Der dunkle Wagen schlängelte sich gekonnt die einsame Strasse entlang, rechts und links umringt von meterhohen Bäumen. Wo man hinsah, waren Bäume. Sie fuhren an einem Schild vorbei.

„War es das?"

„Ja, ich denke schon", erwiderte Mary.

„Aldersberg", flüsterte Christian, „könnte der Ort meiner neuen Geschichte werden."

„Untersteh dich." Das Schild wurde im Rückspiegel immer kleiner.

„Wohnt deine Kollegin eigentlich auch in dem Dorf?"

„Nein, nein. Sie wohnt im Dorf danach. Sie könnte mich auch ab und zu zur Arbeit mitnehmen."

Nach einer Reihe von scharfen S-Kurven stieg die Strasse nun ein wenig an. Mary schaltete einen Gang niedriger, danach noch einen. Zu ihrer Rechten standen weiterhin nur Bäume, während links ab und zu ein einsames Haus zu sehen war. Das Grün der Fichten dominierte den Horizont. „Hier gibt es so viel Platz", bemerkte Chris, während er kurz von seinem Buch aufsah. Sie fuhr vorsichtig weiter.

Mary trat auf die Kupplung und legte den ersten Gang ein. Brav kämpfte sich der Wagen die kurze Anhöhe hinauf. „Wir sind gleich da", sagte er und zeigte auf eine Siedlung mit Häusern, welche er bereits von Weitem erkennen konnte. Der VW schlängelte sich durch den Wald. Sie kamen an einer Holzverarbeitungsfabrik vorbei. Lastwagen, vollbeladen mit massiven Holzstämmen, standen vor der Einfahrt. Ein hochgewachsener Mann mit Holzfällerbart in oranger Leuchtweste rief seinem Kollegen etwas zu. Dieser schien, sich auf seinem Klemmbrett irgendwelche Notizen zu machen. Nun ging es wieder steil abwärts und der Wagen lief etwas leichter. Sie liess ihn langsam rollen und hielt gespannt nach ihrem neuen Zuhause Ausschau.

Die Sonne vermochte hier und da durch das Dickicht des Waldes zu brechen und blendete sie in unregelmässigen Abständen. Es war beinahe wie in seinem Tagtraum im Büro. Nur der Schnee fehlte. Doch dieser würde bald folgen.

Christian wusste nicht viel von dem Dorf, welches er ab sofort sein Zuhause nennen würde. Die meisten Informationen hatte er direkt von Mary erhalten, welche hier in der Nähe eine Arbeitskollegin hatte. Da war ein winziger Friseurladen, welchen er jedoch mit seinem Langhaarschnitt nicht so schnell besuchen würde. Zudem gab es ein kleineres Lebensmittelgeschäft, eine Schule und eine Poststelle, welche wohl in naher Zukunft geschlossen werden könnte. Würde man der Dorfstrasse, auf der sie sich gerade befanden, noch ein wenig folgen, so käme man zu einem Restaurant, welches jedoch vor wenigen Monaten aufgrund mangelnder Gäste dicht gemacht hatte. Es befand sich ein wenig abseits der Häuserreihen. Der Parkplatz davor wurde nun von zwielichtigen Autohändlern als Abstellplatz benutzt, welche ein- bis zweimal im Monat neue Wagen abholen oder bringen liessen. Viel mehr schien es hier nicht zu geben.

„Tadaa, hier sind wir nun." Marys Stimme durchbrach die Stille. Der Wagen bog scharf rechts in eine kleine Siedlung ein. Ihr neues Zuhause. Begrüsst wurden sie von zwei grossen Einfamilienhäusern, welche den Eingang zur Strasse bildeten. Eines davon war schneeweis und modern, das andere von Holz ummantelt. Die gesamte Siedlung war eine Sackgasse, der einzige schmale Einschnitt in naher Umgebung des riesigen Waldstückes, welches sie vorhin passiert hatten.

Dies war der Ort, von welchem sie gestern Nacht geträumt hatte. Der Ort ihrer gemeinsamen Zukunft.

Christian war heilfroh, als der Wagen vor ihrer neuen Garage langsamer wurde. „Zuhause", hörte er Mary leise vor sich hinmurmeln.
Sie parkten vor einem hellen Mietshaus. „Zuhause", dachte auch er und stieg aus dem Auto, um sich kräftig zu strecken. „Was für eine Wohltat."

Die Fahrt hatte doch länger gedauert, als erwartet. Christian schaute sich neugierig um. Die Siedlung war knapp zweihundert, vielleicht dreihundert Meter lang, möglicherweise aber auch etwas mehr. Rechts sowie links standen stets vier Reihenhäuser, anschliessend die dazugehörigen Garagen und dann wieder Reihenhäuser und so weiter. Unterbrochen wurde diese Regelmässigkeit von einem gigantischen Maisfeld, welches die Siedlung umgab. Insgesamt gab es in der Strasse einundzwanzig Häuser, die allesamt dicht beieinanderstanden. Ihr Haus lag den Hang abwärts auf der linken Seite der Siedlung. Auf der gegenüberliegenden Seite, den Hang aufwärts, standen gleichartige Häuser, jedoch mit kleinen Vorgärten. Überdacht wurden die Häuser von schattenspendenden Bäumen. Alles wirkte friedlich und ruhig, als die beiden das erste Mal die Einfahrt passierten.

Direkt über ihnen am Hang erhob sich der undurchdringbar scheinende Wald. Grün, soweit das Auge reichte. All der Friedlichkeit hier zum Trotz fühlte es sich an, als würde jener Wald sie beobachten. Die Qualität der Luft hob sich von jener der Stadt um ein Vielfaches ab.

Er hörte Spatzen zwitschern. Spatzen oder irgendwelche anderen Vögel, welche sich in den Spitzen der umliegenden Bäume Nester bauten.

„Hier lässt es sich leben", dachte er. „Kein Stress, keine monotone Arbeit und vor allem kein Nappo mit seiner fetten und mit Punkten überzogenen Bulldogen-Nase."

„Na, gefällt es dir?" Marys sanfte Stimme durchdrang seine Gedanken. „Es ist perfekt!", erwiderte er, ohne sich zu ihr umzudrehen.

Die beiden waren dabei, ihre ganzen Habseligkeiten vom Wagen in ihr neues Heim zu bringen. Während Christian sich den schweren Kisten auf dem Rücksitz widmete, sah er, wie Mary sich mit ihrer neuen Nachbarin anfreundete. Janette hiess die nette, alte Dame. Sie hatte ihr ergrautes Haar hochgesteckt und trug ein beiges Sommerkleid. Sie machte einen höchst eleganten Eindruck. Die teure, aber dennoch schlichte Diamantenhalskette tat ihr Übriges.

„Willkommen in der Nachbarschaft!"

Ihr Lächeln war sympathisch und liess die beiden ebenfalls mit einem lachenden Gesicht zurück. „Hier sind alle Menschen freundlich", dachte Christian, als er gerade eine schwere Kiste mit Küchenutensilien hochhob. Während Janette und Mary erste Nettigkeiten austauschten, drehte sich Christian um und sah zum gegenüberliegenden Waldabschnitt hoch.
Er wirkte in diesem Augenblick höchst seltsam, irgendwie bedrohlich. Als wollte er sie alle hier und jetzt unter sich begraben. Der Wald schien, sich auf ihn zuzubewegen.

„Liebling?" Mary holte ihn aus seinen Gedanken.

„Schatz, hörst du? Es gibt hier etwas weiter unten ein kleines Lebensmittelgeschäft. Wir können doch nachher kurz vorbeigehen und nur das Nötigste holen." Ohne ihn antworten zu lassen, wandte sie sich wieder Janette zu. Christians Blick ging erneut in die Richtung des verstörend wirkenden Waldes, welcher das gesamte Dorf umhüllte. Er wirkte nun jedoch wieder normal und friedlich, wie es sich für einen Wald gehörte.

Nur wenige Stunden später, die Uhr zeigte kurz vor sechs, liefen Christian und seine Mary vollbepackt vom Lebensmittelladen nach Hause. Die Sonne brannte sich trotz später Stunde noch in ihre Haut. Christian war mit grossen Einkaufstüten bepackt. Mary trug ein XXL-Aktionspack Küchenrollen. Sie ging etwas weiter vor ihm, während sie sich unterhielten.

„Ich denke, so machen wir es. Vorerst erzählen wir niemanden von unserem Umzug. Auch die Adressänderung kann warten. Da haben wir noch gut bis Ende Monat Zeit." Während Mary weitersprach, schaute sich Christian, der mit den beiden Einkaufstaschen zu kämpfen hatte, etwas um.

„Auch den Telefonanschluss brauchen wir so schnell nicht zu aktivieren. Es tut uns gut, einmal unsere Ruhe zu haben. Meinst du nicht auch?" Er nickte und bemerkte auf der gegenüberliegenden Strassenseite einige Dorfbewohner, die plötzlich abrupt stehenblieben, als er mit Mary an ihnen vorbeikam. Christian war etwas irritiert und wollte gerade etwas sagen, da drehten alle drei Personen gleichzeitig ihren Kopf in seine Richtung und starrten ihn ohne jegliche Emotionen einfach nur an. Er traute seinen Augen nicht und blickte sich panisch um. Jegliche Umgebungsgeräusche, das Gezwitscher der Vögel und der Lärm fahrender Autos blieben in jenem Moment aus. Überall bot sich das gleiche groteske Bild. Mary schien dies überhaupt nicht aufzufallen. Sie redete unermüdlich weiter.

„Wir könnten einmal zu Melanie gehen und bei ihr essen. Sie wollte uns schon lange Zeit einmal…"

„Hey, Mary. Mary, schau doch!", unterbrach er sie, obwohl er nicht wirklich wusste, was er ihr sagen sollte. Christians Puls raste.

„Hm, was ist?" Sie blieb stehen und drehte sich zu ihm um.

„Irgendetwas fühlt sich hier seltsam an", versuchte er Mary zu erklären.

„Was fühlt sich seltsam an?" Sie blieb vor ihm stehen, sodass er zu ihr aufschliessen konnte.
„Ich, ich weiss es nicht, vielleicht die Leute. Ich habe den Eindruck, dass sie mich anstarren."

„Was? Hier ist es schön." Sie nahm sich eine kurze Pause. „Mein Engel, heb dir deine Gruselgeschichten für deinen Roman auf. Ich möchte ihn sowieso bald einmal wieder Probelesen. Gerade den Abschnitt mit der Wissenschaftlerin und ihren Motiven fand ich das letzte Mal so spannend. Mich interessiert es sehr, wie du das ganze löst und was du daraus machst, denn…" Sie ging weiter und begann, erneut draufloszureden.

Christian drehte sich ein paar Schritte weiter nochmals um, denn da konnte etwas nicht stimmen. Und wieder! Diesmal war es ein etwas festerer Mann mit Glatze, der gerade mit einem schwarzen Hund spazieren ging. Er humpelte leicht mit dem linken Bein. Der Mann ging in die entgegengesetzte Richtung und konnte Christian somit eigentlich gar nicht sehen. Doch auch er blieb von einem Augenblick auf den anderen stehen, drehte langsam seinen Kopf in Christians Richtung und blickte ihn mit einem reglosen Blick an. Selbst der Hund schien ihn anzustarren. Was ging hier bloss vor? Beinahe liess er seine Einkäufe fallen, konnte jedoch noch nachgreifen und liess den starrenden Mann mit seinem ebenso starrenden Hund hinter sich.

Die beiden Neuankömmlinge bogen in ihr neues Quartier ein und passierten gerade ihre Einfahrt. Christian war noch etwas paralysiert und wirkte nun völlig neben der Spur. Was wollte dieser Mann? Wieso starrten ihn alle an? Als sie gerade zu ihrem Haus abbogen, eilte plötzlich ein doch recht spiessig gekleideter Mann auf sie zu. „Hey, Nachbarn!"

„Der Mann sieht irgendwie aus wie eine billige Kopie von Ned Flanders aus Die Simpsons", dachte Christian und musste bei diesem Gedanken beinahe laut auflachen.

„Willkommen in der Nachbarschaft. Darf ich mich vorstellen, ich bin Simon." Beim Beenden seines Satzes streckte er seine Hand demonstrativ in Marys Richtung und hielt ihre dann ziemlich lange fest. Christian beobachtet den Händedruck der beiden weitaus mehr als nur ein wenig eifersüchtig, ehe er beschloss, einzugreifen.

„Hey!", sagte er und dabei streckt er seine Hand in Simons Richtung, um ihn von dem nun schon viel zu langen Händedruck abzulenken.

„Freut mich, Simon. Dies ist meine Freundin Mary und ich bin Christian. Oder Chris. Wie du willst." Simon war mindestens einen Kopf grösser als er. Die beiden Herren gaben sich die Hand, jedoch - so schien es Christian - hatte Simon weiterhin nur Augen für Mary. Dies missfiel ihm.
Bereits zu Beginn ihrer Beziehung hatten die beiden aufgrund seiner Eifersucht zu leiden, doch dies hier war etwas anderes. Dies hier war offensichtlich. Er musterte seinen neuen Nachbarn misstrauisch. Bei näherem Betrachten fielen ihm Simons tiefbraune Augen auf. Ernste und zugleich intelligent wirkende Augen blickten auf ihn. Dominant, aber nicht wirklich feindselig.

„Nun gut", unterbrach Christian die Stille. „Mir müssen uns nun leider entschuldigen. Wir sind eben erst hergezogen und müssen uns noch einrichten. Das verstehen Sie sicherlich." Seine Nachricht schien angekommen zu sein. Christian, welcher nun beide Tüten im selben Arm hielt, packte Marys Hand und wollte gerade losgehen, als...

„Ich verstehe das." Simon machte einen Schritt auf sie zu und versperrte so ihren Weg. Sein Blick schien die beiden nun beinahe zu durchbohren. Er hatte ein etwas längliches Gesicht und seine braunen Haare waren militärisch kurz geschnitten. Er roch streng nach irgendeinem billigen Aftershave, welches man an jeder Tankstelle kaufen konnte.

„Wenn Sie etwas brauchen..."

„Wir haben an alles gedacht, danke", unterbrach ihn Christian und versuchte, um ihn herumzugehen. Er zupfte nun förmlich an Marys Kleid und gab ihr damit zu verstehen, dass er gehen wollte.

„Und sonst", er wandte sich nun direkt an Mary, welche ein paar Schritte mitgezogen wurde. „Und sonst ungeniert fragen. Ich wohne gleich gegenüber." Dabei lächelte er gekonnt provokant in Marys Richtung.

„Das ist sehr nett. Danke vielmals", erwiderte Mary mit freundlicher Stimme.

„Sehr nett!" Christian nickte nun sarkastisch und schaute Simon misstrauisch an.

„War mir eine Freude", sagte Simon und blieb weiterhin an Ort und Stelle stehen.

Die beiden liefen nun die Treppe zu ihrem Haus hinunter. Christian wirkte sichtlich genervt. So genervt, dass er die Vorkommnisse mit dem glatzköpfigen Mann und den anderen Passanten bereits verdrängt und vergessen hatte. „Was erlaubt sich dieser Kerl?", dachte er. „Macht meine Mary vor meinen Augen an!" Christian drehte sich kurz vor seiner Haustür nochmals um, damit er einen kurzen Blick auf seinen neuen Nachbarn werfen konnte. Was er dabei sah, liess ihn das Blut in seinen Adern gefrieren. Er erschrak. Simon lief zurück zum Haus und in genau diesem Moment blieb Simon schlagartig stehen. Er drehte langsam seinen Kopf in seine Richtung und starrte ihn regungslos und ohne jegliche Emotionen an. Christian erschrak. Ihm war zum Schreien zumute. Doch dazu kam er nicht. Die beiden betraten ihr neues Heim und mit dem Schliessen der Tür ging alles wieder seinen natürlichen Weg.

Kapitel III - Albtraum

Christian schloss die Tür hinter sich, legte die schweren Einkäufe in die Küche und stürmte, ohne etwas zu sagen, die Treppe hoch in sein Arbeitszimmer. Dieses lag direkt gegenüber ihrem Schlafzimmer. Die Kisten standen mit all seinen Unterlagen, Büchern und sonstigen Ansammlungen von Erinnerungen noch verpackt auf dem Fussboden. Einzig sein Laptop stand bereits auf einem kleinen Holzschreibtisch in der Ecke und war am Strom angeschlossen.

„Was ist denn los, Schatz?" Mary war ihm gefolgt und ihre Stimme liess vermuten, dass ihr die Anmachversuche ihres neuen Nachbarn nicht aufgefallen waren. Dies war eine Eigenschaft, und da war sich Christian zu hundert Prozent sicher, die wohl jede Frau ihr Eigen nennen konnte. Sie ging zu ihm, die XXL-Packung immer noch fest umschlungen.

„Nichts, alles bestens." Er wollte in Ruhe gelassen werden.

„Sag schon", sie wirkte nun sichtlich ungeduldig.

„Ist dir nicht aufgefallen, dass er dich anbaggern wollte?" Seine Stimme klang etwas rauer, als gewollt. Nun war es Marys Reaktion, die ihn erst recht erzürnte. Sie musste bei seinen Worten lächeln. Christian antwortete nicht, sondern wandte sein Gesicht schlagartig von ihr ab und widmete sich konzentriert seinem Laptop. Sie gönnte sich eine kurze Pause und fuhr dann fort: „Chris! Er war bloss nett. Mehr nicht." Sie schüttelte dabei leicht den Kopf. Er fragte sich, wie sie nur so naiv und leichtgläubig sein konnte.

„Nur nett?" Es hörte sich nun selbst für Christian an, als wäre er erst acht Jahre alt.

„Du bist ja eifersüchtig!" Sie stand nur direkt hinter ihm. Er starrte weiterhin auf seinen Laptop. Sie legte ihre XXL-Packung beiseite und umarmte ihn herzlich von hinten. Fast wie in seinem Traum.

„Bin ich nicht!", erwiderte er. Ok, er war wirklich wieder acht.

„Oh, doch. Das bist du. Und ich mag es." Sie liess eine kurze Pause zu und fuhr dann fort: „Du bist so süss, wenn du eifersüchtig bist. Ich liebe das." Sie streichelte dabei sein langes Haar. Er überlegte, was er ihr sagen wollte, aber irgendwie klang für ihn alles falsch. Als sie ihn auf die linke Wange küssen wollte, blockte er ab, drehte sich leicht von ihr weg und meinte: „Schatz, ich möchte jetzt bitte schreiben. Ich habe das Gefühl, da draussen stimmt etwas nicht und irgendwie sind alle verrückt. Einfach alle. Die Anwohner und auch dieser Kerl Simon." Er beendete damit das Gespräch, ohne eine Antwort abzuwarten. Sie seufzte und ging zur Tür.

„Ich glaube manchmal, werden wir alle ein wenig verrückt", erwiderte sie ihm forsch. Genervt verliess Mary das Arbeitszimmer und knallte die Tür hinter sich zu. Er hatte sie erzürnt. Noch im selben Moment, als ihm dies bewusst wurde, tat es ihm leid.

Doch so war das nun einmal in der Liebe. So schnell es gekommen war, würde es sich wieder legen. Christian wollte Mary im ersten Moment nachgehen und etwas zu ihr sagen, liess es jedoch sein und war bereit, so lange zu warten, bis ihm die richtigen Worte einfielen. Spätestens dann würde er sich bei ihr gebührend entschuldigen.

Christian war schon seit etlichen Stunden am Schreiben. Er wusste nicht, wieso, doch seit dem Streit mit Mary sprudelte er nur so vor Kreativität. Seine Finger tippten im Sekundentakt die Ergüsse seiner Phantasie ab. Mittlerweile war es Abend und der Raum hatte sich angenehm abgekühlt. Seine Mary liess ihn während der gesamten Zeit alleine im Zimmer arbeiten und war bereits einige Stunden zuvor zu Bett gegangen. Jedenfalls glaubte Christian, sie vor einiger Zeit beim Zähneputzen im Bad gehört zu haben.

Allmählich wurde es spät. Er bekam Hunger und als ihm bewusst wurde, wie hungrig er wirklich war, unterbrach er sein Schreiben. Nun konnte er sich nur noch schwer konzentrieren. Etwas behäbig stampfte er hinunter in die Küche, um sich ein Glas Milch zu holen. Viel mehr war trotz des heutigen Einkaufs noch nicht vorhanden.

Das ganze Haus war von einer undurchdringbaren Stille erfüllt. Die Lampen hatten die beiden noch nicht montiert, geschweige denn gekauft. Ohne Licht tastete er sich vorsichtig von der Küche in sein Arbeitszimmer. Zurück im Zimmer, sah er sich um. Sein Blick wanderte durch den kleinsten Raum des Hauses. Christians Blick verharrte beim Fenster gegenüber. Eine sanfte Brise wehte ihm entgegen. Für einen Augenblick war nichts anderes zu hören als der leise Wind, der über die Siedlung rauschte. Doch jenes Rauschen wurde urplötzlich durchbrochen. „Was war das bloss für ein Geräusch" fragte er sich, während er langsam auf das Fenster zuging. „Was zur Hölle …", murmelte er vor sich hin. Er sah Simon, welcher sich unten gerade um seinen Garten kümmerte. „Giesst er etwa zu solch später Stunde noch seine Pflanzen?" Christian stand nun ganz nah am Fenster und beobachtet seinen neuen Nachbarn. Er sah ihm misstrauisch beim Jäten seines Gartenbeetes zu. Es war schon weit nach Mitternacht. Simon, der mit dem Rücken zu ihm stand und ihn so nicht sehen konnte, drehte langsam den Kopf und starrte direkt in seine Augen. Christian erschrak dabei und erstarrte wie ein Tier vor sich nähernden Scheinwerfern eines Personenwagens.

Plötzlich war er weg. Wie konnte Christian ihn aus den Augen verlieren? War er hineingegangen? Christian war verwundert und suchte von seiner erhöhten Position am Fenster alles ab. Es war niemand zu sehen. Christian setzte sich wieder vor seinen Laptop. Die Nacht war ziemlich warm. Das Fenster stand weiterhin offen. „Vielleicht habe ich heute gegenüber Mary überreagiert", dachte er und tippte wieder ein paar Zeilen. Er würde sich morgen entschuldigen müssen. Vielleicht würde ein hübscher Blumenstrauss ihm bei seinem Unterfangen behilflich sein. Dennoch hatte es dieser Simon auf seine Mary abgesehen. Davon war er überzeugt. Und bei dieser Vorstellung wurde sein Ärger auf Simon noch grösser. Der Gedanke schlich sich langsam heran, genauso langsam wie die Müdigkeit, die sich seines Körpers bemächtigte, seine Sinne betäubte. Lautlos und einsam war es nun in seinem Zimmer. Nur der Bildschirm leuchtete. Ein eiskalter Wind wehte durch das offenstehende Fenster herein. Die Vorhänge wehten gespenstisch vor und zurück. Über ihm der endlose Wald, welcher über ihn wachte. Er schlief ein. Finsternis, das Gefühl zu fallen, als würde er wie einst Alice einen tiefen Schacht hinunterstürzen. Weiter und immer weiter. Hunderte und aberhunderte von Jahren fiel er in die absolute Finsternis. Doch da war kein Aufprall. Die verschiedensten Bilder glitten an ihm vorbei, tauchten aus der Dunkelheit auf und verschwanden, bevor er überhaupt etwas erkennen konnte. Er war nun in einem Raum, einem malerisch schönen Raum. Dieser kam Christian bestens bekannt vor. War er schon einmal hier?

Da war sie, seine Mary. Mitten im Raum. Gross und schlank. In geradezu lächerlich kurzen Seidenshorts sass sie da, die Brüste knapp von einer dünnen, hellblauen Bluse verdeckt. Ihr schwarzes Haar war zu einem langen Zopf geflochten. Er wollte nach ihr rufen, jedoch konnte sie ihn nicht hören. Und da erkannte er, dass sie nicht alleine war. Er stand vor ihr und war mit nichts weiter als seinen Bluejeans bekleidet. Sein olivgrünes Shirt lag bereits verknittert am Bettrand.

„Hier", sagte sie, „nimm mich hier."

„Genau hier, Nachbarin?"

„Ja, nimm mich, wenn du mich willst."

Christian stand weiter da und musste zusehen.

Christian erwachte auf seinem Bürostuhl. Wie lange er wohl geschlafen hatte? Ein schmaler Sonnenstrahl, in dem feine Staubpartikel tanzten, fiel durch das Fenster herein. Mary war nicht mehr da. Sie musste bereits vor etlichen Stunden zur Arbeit gegangen sein. Mit der Bahn hatte sie einen längeren Arbeitsweg als früher. Je nach Schicht konnte sie aber auch ihre Kollegin mitnehmen. „Das alles macht sie für dich", dachte Christian, während er nun langsam seine Müdigkeit abschüttelte.

Nach einem kurzen, hastigen Frühstück, irgendwelchen billigen Zerealien, setzte sich Christian in seinem Arbeitszimmer wieder an seinen Roman. Er wollte den Schwung von gestern Abend unbedingt mitnehmen und erneut auf seiner neugewonnenen

Kreativitätswelle reiten. Er sass vor seinem Laptop. Der weisse Hintergrund einer leeren Seite schien ihn schier zu blenden. Auf dem Schreibtisch lagen verstreut einige seiner Bücher. Er musste sie wohl gestern herausgenommen haben. Vielleicht hatte er am Abend kurz in einigen geblättert, um Kreativität zu tanken. Er konnte sich nicht daran erinnern. Da lagen Werke von King, Romero und anderen talentierten Autoren. Zu denen wollte er auch einmal gehören. Dies war sein Ziel. Doch dafür musste er sich nun zusammenreissen und weiterschreiben.

Die Hände schwitzten und sein Blick verharrte wieder auf der hellen weissen Seite. Der Cursor blinkte, blinkte und blinkte. Christian sass wie angewurzelt vor seinem Laptop. Er fühlte sich ausgelaugt. Hatte er gestern überhaupt geschlafen? Und wenn ja, wie lange? So würde er kein Stück weiterkommen. Er schaute völlig apathisch aus dem Fenster. Wie lange er dies tat, hätte er später beim besten Willen nicht sagen können. In der klaren Landluft schien die Phantasie über jede Vernunft hinaus beflügelt zu werden. Wenn er zum Wald schaute, hatte er das Gefühl, hilflos von ihm erdrückt zu werden. Fester und immer fester. Die Baumkronen schienen den Himmel sanft zu küssen, während sie ihn gleichzeitig erdrückten. Christian riss seinen Blick fast schon gewaltsam vom Dickicht des Waldes hinfort und konzentrierte sich wieder auf seine Tasten vor sich. Er sah viele Buchstaben vor sich. Alles drehte sich. Auf einmal war oben unten, zuletzt wieder unten oben. Ein unaufhaltsames Drehen, welches mittlerweile von ihm selbst zu kommen schien. Er war es, der sich drehte. Nur das von Sonnenlicht erfüllte Schlafzimmer stand still. Das Schlafzimmer, welches er kannte. Jenes in seiner alten Wohnung in der Stadt. Die beiden vor ihm waren nun vollkommen nackt. Seine Mary, perfekt wie sie war, und neben ihr der Fremde. Sein Körper war zur Hälfte mit der Decke bedeckt. Ihre Brustwarzen waren kalt und hart. Er streichelte ihr sanft über den Bauch. Immer weiter nach unten. Christian verspürte ein messerstichartiges Ziehen in seiner Brustgegend. Er stand alleine in der Ecke. Es reichte! Als er gerade eingreifen wollte, loderten plötzlich erscheinende Flammen hoch auf und rissen ihn und die beiden aus der Finsternis des Raumes. Er hörte sich nur kurz schreien. Danach sass er wieder schweissgebadet vor seinem Roman. Kurzatmig beugte er sich über den Schreibtisch.

„Es war nur ein Traum", flüsterte sich Christian zu. „Nur ein Traum. Vergiss das bloss nicht!" Er sass noch einen kurzen Augenblick so da, eingehüllt in das Gespinst seiner eigenen Gedanken. Seine Atmung normalisierte sich erst nach einer Weile.

Eine nie dagewesene Übelkeit überkam ihn. Christian rannte hastig ins Badezimmer. Das Badezimmer war klein. Ausser einem Stück Seife und den zwei Zahnbürsten war alles kahl und hell. Die weissen Fliesen an der Wand strahlten eine sterile Kälte aus. Er musste sich nach all dem womöglich nur etwas frisch machen, einen klaren Kopf bekommen und etwas herunterfahren. Vielleicht war das alles dem Stress des Umzuges zuzuschreiben. Für einen Moment stand er vor dem Spiegel und musterte sich eingehend. Sein Gesicht wirkte aufgrund der Augenringe auf einmal um gute zehn Jahre älter. Er warf dem Spiegel ein kurzes, künstliches Lächeln zu und wurde mit derselben Geste belohnt. Seine dunklen Strähnen hingen ihm wild vor den Augen. Er bückte sich kurz und spritze sich etwas Wasser ins Gesicht. Eine absolute Wohltat. Und noch ein Spritzer. Das kühle Nass belebte seinen Geist und gab ihm neue Kraft.

Er erhob sich und sah ihn im Spiegel: Simon, seinen Nachbarn. Regungslos stand er hinter ihm. Bei diesem Anblick gaben Christians Knie nach. Er konnte sich noch mit grosser Mühe an einem Griff am Lavabo festhalten. Fast wäre er mit seinem Kopf am Becken aufgeschlagen. Er schrie panisch auf. Doch da war niemand. Kein Simon. Niemand. Der Gang war leer. Er vergewisserte sich, dass er der einzige im Haus war. In jedem Zimmer war er nun bereits zweimal, um auch wirklich sicher zu sein. Nichts. Niemand. Er war der einzige hier.

„Ich glaube, ich verliere den Verstand."

Niemand antworte ihm. „Zum Glück", dachte er und ging wieder in die obere Etage in sein Schlafzimmer. Er brauchte nun dringend etwas Schlaf.

Kapitel IV - Verdammnis

Einige Stunden verstrichen. Falls Christian etwas geträumt hätte, würde er sich nicht daran erinnern können. Wildes Vogelgezwitscher, welches durch das offene Fenster drang, brachte ihn aus seiner Trance in die Welt der Lebenden zurück. Er war noch etwas benommen.

Nachdem er sich kurz ausgiebig gestreckt hatte, stand er auf und ging wieder hinüber zum Fenster. Mary müsste eigentlich bald von der Arbeit kommen. Er ging durch das Zimmer, den Gang entlang, hinüber auf die andere Seite des Hauses. Von dieser Seite aus konnte er durch eine kleine Lucke direkt auf das bescheidene Zentrum des Dorfes schauen. Vor ihm sah er eine kleine Kreuzung und ein paar Büsche. Ein alter, mit Plakaten überzogener Infokasten markierte die Mitte des Platzes. An jenem Nachmittag war hier nicht viel los. Überhaupt war in diesem Dorf praktisch nie viel los.

Er hörte aus der Ferne, wie die kleine blaue Bahn, welche diesen Ort mit der Stadt verband, ankam, einige Leute ablud und dann gemächlich weiterfuhr. Da sah er sie. Mary. Sie trug eine grau-braune Aktentasche und wirkte in ihrem weissen Blazer vielbeschäftigt. Gleich würde er die Gelegenheit haben, sich bei ihr für sein Verhalten von gestern zu entschuldigen. Er brauchte sie. Hier und jetzt. Mehr als jemals zuvor. Er meinte es so. Es würde in Zukunft nicht mehr vorkommen. Er könnte sich, wenn er wirklich wollte, zusammenreisen.

Gemächlich spazierte sie den Gehsteig entlang. Sie hielt plötzlich an und wechselte die Richtung. „Was soll das? Wo gehst du hin?" Christian, nun mit seiner Nase an die kleine Lucke gepresst, sah ihr weiter hinterher. Als er vom oberen Stockwerk auf die Strasse hinter dem Haus schaute, wurde ihm wieder klar, was ihm seit letzter Nacht nicht mehr aus dem Kopf gegangen war. Unten an der Strasse standen nun Simon und Mary. Sie unterhielten sich. Da er nicht hören konnte, was vor seinem Haus gesprochen wurde, hatte er den Eindruck, einer wirklich gut gelungenen Stummfilmaufführung beizuwohnen. In der Hauptrolle seine Mary. Seine Mary und der schmierige Ned Flanders artige Nachbar, welcher es auf seine Mary abgesehen hatte. Jener aus seinen Albträumen. Und wieder verspürte er ein leises Ziehen in seiner Brust. Mitten im Herzen. Tief in seinem Inneren spürte er, wie sich Zorn und Schmerzen aufstauten, wie sich an seiner Schädelbasis die Anspannung festsetzte. Der Druck an seiner Schläfe stieg ins Unermessliche. Sie zuckte unten mit den Achseln und lächelte etwas verlegen.

Er würde es ertragen müssen. Genauso wie er es im nächtlichen Traum getan hatte. Irgendwie hatte er ein komisches Gefühl dabei, wie er die beiden da heimlich beobachtete. Christian blickte jedoch weiterhin von oben auf sie hinab. Wie lange er bereits dastand, konnte er nicht mit genauer Sicherheit sagen. Er fand in diesem Moment, dass vieles dafürsprach, seine Gefühle und seinen Zorn unter Kontrolle zu halten. Zu Beginn ihrer Beziehung gelang ihm dies oft nur schwer. Doch wenn man sich nur lange genug darin übte, dann empfand man womöglich eines Tages rein gar nichts mehr. Er musste nachdenken, wie er sich verhalten wollte.

Er stand weiterhin am Fenster. Die beiden ahnungslosen Darsteller plauderten munter drauf los. Wie lange könnte er hier stehen bleiben? Wie lange würden sie weiter schwatzen? Und auf einmal war es wieder da. So schnell, dass er es nicht hatte kommen sehen. Simon drehte sich von der einen Sekunde auf die andere um. Im ersten Augenblick sah es so aus, als würde er lediglich seinen Kopf drehen. Wie eine Eule. Mit festem Bick starrte er in Christians Richtung. Christian erschrak fürchterlich und versuchte, sich schnell zu ducken. Er konnte ihn nicht gesehen haben. Unmöglich! Sein Herz pochte wie wild. Von diesem Winkel aus war es unmöglich, dass er auch nur wissen konnte, dass er hier oben stehen und sie beide beobachten würde. Etwas stimmte hier ganz und gar nicht. Es schien ihm in diesem Moment ganz klar. Er musste hier weg, und zwar schnell.

Er rannte nun schier zum Ausgang. Christian stiess die Tür auf und das nachmittägliche Sonnenlicht flutete wie eine Lawine über ihn hinweg. Er schloss die Tür ab und machte sich auf den Weg. Er wirkte panisch, gar verwirrt, und das wusste er. Wohin sollte er gehen? Wo auch immer ihn seine Füsse tragen würden. Er eilte die Strasse hinunter und ignorierte gekonnt die ältere Dame, welche gerade dabei war, ihre Blumen zu stutzen.

„Wohin des Weges, Nachbar?"

Er blieb ihr eine Antwort schuldig und zog an ihr vorbei. Er bog an der Kreuzung bereits in die nächste Strasse ein. Eine Frau kam ihm entgegen. Auf ihrem Haupt ein grosser weisser Hut aus Samt, der - wie Christian fand - ein wenig wie ein missratener Blumentopf aussah. Als sie ihn entdeckte, blieb sie abrupt stehen. Sie bewegte sich keinen Millimeter mehr, sondern starrte nur noch leblos auf ihn, der nun fast stolperte und noch etwas schneller ging. Er rannte zwar nicht, ging jedoch so schnell, dass es beinahe so wirkte. Die Dichte der Häuser nahm merklich ab und er passierte nun einen schmalen Kieselweg. Die paar Leute im Garten neben ihm unterbrachen ihr Grillfest, um Christian anzustarren. Dies bemerkte er erst gar nicht. Während die Erwachsenen grillierten, knieten einige der Kinder am Boden. Sie spielten gemeinsam in einem Sandkasten, welcher seine besten Jahre bereits hinter sich hatte. Auch die Kleinen schauten Christian hinterher. Sie sahen ihm alle nach. Er stolperte unbeholfen über den Kieselweg. Dabei schreckte er einen bejahrten grauen Kater auf, der sich im Gras neben ihm genüsslich streckte, anschliessend steifbeinig davonstolzierte und sich in sicherem Abstand wieder niederliess. Dabei schien er Christian auffällig misstrauisch zu mustern, schloss dann seine Augen und schlief wieder ein. Selbst mit der Katze schien etwas nicht zu stimmen. Christian ging weiter. Dabei liess er für einige Zeit den Kater nicht aus den Augen. Der Weg führte ihn aufs Land hinaus und wurde nun etwas breiter. Hier und da sickerte braun schimmerndes Wasser aus der Erde. Es erinnerte ihn ein wenig an den Stadtbach, welcher direkt vor seiner ehemaligen Arbeitsstelle durchfloss. Eines Morgens hatte er darin sogar einen verirrten Fisch entdecken können. Die zirpenden Geräusche in den vielen Büschen liessen ihn kurz aufblicken. Das Wasser des Bächleins spritze leicht gegen seine Fussknöchel. Es war trotz der warmen Sonne relativ kalt. Es ging durch einen kleinen Waldabschnitt, einen leichten Hügel hinauf, immer weiter dem Kieselweg folgend. Weit oben sah er eine etwas ältere Frau mit ihrem Hund entgegenkommen. Sie hatte blassblondes Haar und ihr Gesicht wirkte irgendwie leicht rattenhaft. Er konnte nicht sagen, wieso, doch ihr Gesicht ähnelte dem einer abgemagerten Ratte. Er schritt auf sie zu. Der Eindruck verstärkte sich, als sie stehenblieb, ihn mit ihrem fragenden Blick völlig teilnahmslos ansah, und wurde ein wenig schwächer, als er zügig weiterging. Als er wenig später zurücksah, erkannte er die Frau als kleine Gestalt, an Ort und Stelle verweilend und ihn anstarrend. Sie hatte sich keinen Schritt von ihrer Position wegbewegt und schaute ihn einfach an.

Nach weiteren tausend Schritten blieb Christian stehen. Er musste kurz verschnaufen. Er war normalerweise ziemlich gut in Form, doch der Schlafmangel zollte nun seinen Tribut. Einen Augenblick lang fragte er sich, wo er hier eigentlich war, und entdeckte die grossen Gebäude etwas weiter vor sich. Mary hatte ihm vor langer Zeit, als sie damals von der Hausbesichtigung zurückgekommen war, davon erzählt. Er hatte damals nicht mitgehen können, da er Spätdienst hatte. Er ging weiter und bog links zum Eingang ab. Am späten Nachmittag sank die Sonne immer tiefer und vergoldete den Himmel. Ein warmes, karamellfarbenes Licht bedeckte die Ortschaft. Das Ganze hatte auf ihn eine unheimliche Wirkung. Christian passierte die Schulanlage des Dorfes.

Drei steinerne Treppen hoch, an einem ausgetrockneten Brunnen vorbei, war er nun auf dem grossen verlassenen Pausenhof. Einige der Wände waren bereits mit Efeu bewachsen. Weit und breit niemand. Vielleicht sassen sie noch alle drinnen oder hatten heute frei. Welcher Wochentag heute war, konnte er beim besten Willen nicht sagen. Die Zeit in diesem Dorf kam ihm wie eine verfluchte Ewigkeit vor. Wie eine Ewigkeit oder zwei. Er passierte den weitläufigen Rasenplatz, welcher in saftigem Grün strahlte. Hinter einem der Gebäude machte Christian an einer riesigen grauen Wand, an der er sich anlehnen konnte, Rast. Sein Atem beruhigte sich allmählich. Was hatte er da gerade auf seinem Weg gesehen? Die Anwohner. Sie schienen alle verrückt zu sein und verhielten sich in seiner Anwesenheit seltsam. Jeder der Dorfbewohner verhielt sich nach demselben eigenartigen Muster. Sobald sie ihn erkannten, schienen sie, sich nicht mehr bewegen zu können, und starrten ihn nur noch an.

„Dorf der Verdammten", murmelte er. Gekicher. Er hörte etwas. Aus der Ferne drang Gekicher von Kindern zu ihm. Tief in seiner Magengrube bekam er ein ungutes Gefühl. Er spähte vorsichtig um die Ecke. Es handelte sich tatsächlich um kleine Kinder. Drei kleine Mädchen. Er schätze sie auf acht, höchstens zehn Jahre alt. Sie spielten mit ihrem langen Springseil. Zwei der drei Mädchen waren blond. Sie hielten das Seil, während das andere, es hatte rotes Haar und vielen kleine Sommersprossen, in der Mitte der beiden schön im Takt hüpfte. Ihre kupferfarbenen Haare hatte sie zu zwei Zöpfen geflochten. Ihre Kleidung hätte geradezu aus einem dieser alten Filme stammen können. Der Klang der kindlichen, ausgelassenen Fröhlichkeit erhellte für einen kurzen Augenblick seinen schrecklichen Nachmittag. Christian verspürte nun so etwas wie Erleichterung aufkommen. Sein Puls erholte sich allmählich und selbst sein Schädel pochte nur noch leicht. Das erste Mal seit langem.

Er ging nun langsam auf sie zu. Vielleicht war all das, alles was er heute sowie gestern erlebt hatte, nur ein Missverständnis. Er ging weiter und sie bemerkten ihn. Doch was er nun sah, liess ihm das Blut in den Adern gefrieren. Alle drei, so schön und friedlich sie gespielt und gelacht hatten, blieben auf der Stelle stehen, drehten ihre Köpfe synchron zu ihm und starrten ihn an. Starrten ihn mit leblosen Gesichtern tief in seine Seele, als wollten sie ihm diese hier und jetzt stehlen. Christians Brust hob und senkte sich krampfartig. Er atmete mit grosser Mühe. Ein schweres Seufzen. Sein Herz schlug ihm wieder arrhythmisch in der Brust. „Fühlt sich so ein Herzinfarkt an?" Er rannte los. Er rannte und rannte. Weit weg. Er liess die drei kleinen Gestalten, die ihm nachstarrten, hinter sich. Er wollte diesen Albtraum hinter sich lassen. Den eigentlichen Weg hatte er längst verlassen. So stolperte er nun quer über ein schier unpassierbares Gelände über Stock und Stein. Immer weiter. Es dämmerte bereits, als er endlich stehenblieb. Er musste kurz verschnaufen. Erst heftig, dann langsamer keuchend, dann wieder mit beruhigtem Atem. Gekrümmt von der Anstrengung, blickte er sich um.

„Was geht hier vor?" Seine Stimme war schwach. Ihm fiel auf die Schnelle keine Antwort ein, also ging er einfach weiter durch den Wald. Einen Schritt nach dem anderen, immer weiter und weiter, nun durch den nahezu unbezwingbaren Wald. Jener Wald, welcher ihm die Luftröhre zuzuschnüren und ihn bis aufs Letzte auszusaugen schien. Selbst die Bäume schienen nach ihm greifen zu wollen. Die Dunkelheit hatte sich mittlerweile ausgebreitet. Die Luft war nun kalt und klar. Vereinzelte Wolkenfetzten trieben vor dem viel zu gross wirkenden Mond vorbei und einen Moment war sich Christian nicht sicher, ob die Wolken sich bewegten oder es der Mond selbst war.

Einige Bäume kamen ihm bekannt vor. Lief er möglicherweise im Kreis? Vielleicht sollte er immer weiter und weiter laufen und sich dann eines Tages hinsetzen und nie wieder aufstehen. Dieses Szenario ging ihm wieder und wieder durch den Kopf. „Vielleicht wäre es auch besser so", dachte er, während er sich durch diverse Sträucher kämpfte. Es war nun bereits Nacht und dunkel. Die Finsternis schien ihn eingeholt zu haben. Er war ganz alleine. Niemand konnte ihm helfen. Tief im Inneren hatte er das Gefühl, dass er heute sterben würde. Mitten im Nirgendwo, wo ihn wohl niemand je finden würde. Plötzlich raschelte es hinter ihm. Er drehte sich schnell wie der Blitz um. Nichts. Alles ruhig. Doch das Rascheln bewegte sich von Baum zu Baum. Das Etwas, das mit ihm hier draussen war, kreiste wie der unausweichliche Tod um ihn. Er war nicht allein. Der Nebel hing ihm nun auf höhe seiner Taille. Sein Herz pochte wie wild, schien nächstens vor Erschöpfung seine Arbeit quittieren zu wollen. Panisch drehte sich Christian im Kreis und schaute von Baum zu Baum. Es bewegte sich jedoch viel zu schnell, als dass er es mit seinem Blick erfassen konnte. Dann hörte es plötzlich auf. Stille. Er konnte nun etwas erkennen. Es war direkt vor ihm. Aufgrund der Dunkelheit konnte er nicht genau sehen, was oder wer es war. Doch nun kam es auf ihn zu. Panik stieg in ihm hoch. Er machte die Augen zu und kämpfte dagegen an. Er stand vollkommen regungslos da. Eine blasse Gestalt vor ihm. Sein Puls schlug ins Unermessliche. Christian konnte sich nicht bewegen. Immer schneller werdend, machte es Jagd auf ihn. Jemand musste ihm helfen. Sein Herz blieb auf einmal stehen und seine Nackenhaare sträubten sich, die Hände nun eiskalt.

Da stand er! Und Christian erkannte ihn. Sein Nachbar Simon sprintete in voller Wucht und mit der Kraft eines Musterathleten den Wald herauf, direkt auf ihn zu. Mit seinem Schnurrbart und seiner Brille wirkte er hier im Schatten des Mondes noch bedrohlicher als sonst. Er sah den auf sich zustürmenden Nachbarn nun direkt an, fand die Kontrolle über seinen Körper wieder, schrie auf und rannte davon, wobei seine Füsse über den Waldboden sprinteten, als wäre der Teufel höchstpersönlich hinter ihm her. Im Nachhinein konnte Christian nicht sagen, wie lange er gerannt war. Erst als sein ganzer Körper zu rebellieren drohte, sackte er in sich zusammen und landete hart auf dem moosbewachsenen Waldboden. Die funkelnden Sterne hoch oben am Himmel wanderten an Christian vorbei.

„Ich will einfach nur wieder nach Hause", dachte er, während er da lag und sein Schicksal über sich ergehen liess. „Nicht hier nach Hause. In die Stadt zurück. Von mir aus werde ich auch irgendeine langweilige Arbeit annehmen. Bloss weg aus diesem Dorf. Das Dorf der Verdammten, welches es scheinbar auf mich abgesehen hat."

Als er so da lag fragte er sich, ob ein Zuhause etwas war, in das sich ein Ort mit der Zeit verwandelte, einfach von selbst, oder ob es etwas war, was er nun bereits hinter sich gelassen hatte. Er lag wohl bereits etliche Minuten, wenn nicht Stunden, hier am Boden. Die Nacht vermochte es, alles und jeden abzukühlen, und er fror. Der Mond kam hinter einer dicken Wolke hervor. Er stand dicht über dem Horizont und erhellte die gesamte Landschaft. Er wirkte, als würde er ewig scheinen. Christian musste weiter. Also mobilisierte er jede Kraft in seinem Körper und hievte sich hoch. Erst jetzt merkte er, dass sein gutes

Shirt vollkommen zerrissen war. Überall hatte er Schnittwunden. Am ganzen Körper waren Kratzer und Schnitte durch das Rennen durch die Büsche entstanden. Die tieferen Wunden leuchteten rot und brannten fürchterlich.

Er ging weiter durch den dunklen Wald, der grösser und weitläufiger war, als er es sich auch nur im Entferntesten ausdenken hätte können. Wohin er auch sah, überall erhoben sich ins Endlose wachsende Bäume. Kein Tierlaut war zu vernehmen, als er sich mühselig seinen Weg durch das Dickicht bahnte.

Christian lief gefühlt mehrere Stunden Richtung Westen, jedenfalls dachte er, dass es Westen war, nun auf einer schmalen Strasse durch den Wald. Er erkannte augenblicklich, wo er war. Genau hier waren er und Mary durchgefahren. Er war sich zwar nicht wirklich sicher, dennoch glaubte er daran, dass er sich auf dem richtigen Weg befand. Den Weg nach Hause. Auf einmal kamen ihm gleissende Scheinwerfer eines grossen Autos entgegen und er duckte sich in Sekundenschnelle tief in einem nahen Gebüsch hinter den Bäumen, bis es vorbeifuhr. Christian blieb, wo er war, bis das dumpfe Brummen des Motors wieder vorbei war. Er wollte bestimmt kein Risiko eingehen.

Er erreichte nach einiger Zeit die Holzverarbeitungsfabrik. Sie stand komplett still. Alles war dunkel und verlassen. Er hatte mittlerweile kein Zeitgefühl mehr und wusste nicht, welcher Tag heute war, geschweige denn, welches Jahr. Er lief weiter.

Christians Füsse wurden allmählich taub, während seine Hände, Wunden und sein Gesicht von der Kälte unglaublich schmerzten.

Als Christian Ewigkeiten später in die Strasse seines Quartiers einbog, es war tief in der Nacht, sah er, was er nicht für möglich gehalten hätte. Sein Nachbar Simon stand da vor ihm und goss gerade ein kleines Blumenbeet vor seinem Haus. Er stellte seine kleine grüne Kanne beiseite, als er ihn bemerkte.

„Hey Nachbar. So spät noch unterwegs?" Seine Gummistiefel waren nicht sonderlich schmutzig. Er musste sie nach dem Wald gewechselt oder gereinigt haben.

Christian lief völlig entsetzt an ihm vorbei und blieb ihm jegliche Antwort schuldig. Als er über seine Schulter blickte, wurde er wieder teilnahmslos angestarrt. Die letzten paar Meter rannte Christian und zog die Eingangstür zu seinem Haus auf. Seine Hände zitterten und es dauerte eine Weile, bevor es ihm gelang, die Tür abzuschliessen. Er stemmte sich rettend gegen die Tür und glitt in Zeitlupe an ihr herab. Die pure Verzweiflung überflutete seine Sinne. Der Wahnsinn nahm kein Ende. Es dauerte seine Zeit, die Eindrücke zu verarbeiten.

Kapitel V – Schatten

Er war zu Hause und in Sicherheit. Er hockte still da. Seine Gedanken kreisten wie wild in ihm. Die Erkenntnis fiel wie ein schwerer Groschen auf den Boden. „Mary!" Erschrocken rappelte er sich auf und eilte die Treppe ins Obergeschoss hinauf, verfehlte beinahe den obersten Tritt, lief dann weiter bis ins Schlafzimmer, wo er sie fand. Friedlich und völlig ohne Sorgen verweilte sie wohl gerade in einem schönen Traum. Die Decke hob und senkte sich gleichmässig, während sie langsam ein- und ausatmete. Ein Stein in der Grösse eines Berges fiel Christian vom Herzen, als er seine Mary hier schlafend vor sich sah. Er war sich in diesem Moment nur einer Sache sicher: Sie mussten dieses Dorf gemeinsam verlassen. Am besten gleich morgen. Dies war die einzige Wahrheit, die er in diesem Augenblick kannte, und sie war schwer zu ertragen. Aber er würde es ihr morgen mitteilen. Er wollte sie hier und jetzt schlafen lassen, süss und friedlich, wie sie da vor ihm lag. Er drehte sich um. An der Zimmertür entdeckte er eine Notiz:

Chris, ich hoffe du hattest einen guten Tag. Als ich nach Hause gekommen bin, warst du noch weg. Bist wohl spazieren gegangen. Etwas Essen ist zum Aufwärmen im Kühlschrank. Kuss Deine Mary. PS: Ich habe kurz in deinen Roman reingelesen, er gefällt mir.

Er lass den Zettel bestimmt fünfmal durch. Hunger hatte er keinen. Den Zettel zurück an die Tür klebend, entschied er sich dafür, sich seine für ihn vorgesehene Verpflegung erst morgen Mittag zu genehmigen. Alles, was er nun brauchte, war eine warme Dusche. Das würde er nun tun: sich den ganzen Schmutz und den Wahnsinn, welchem er auf der Strasse und im Wald begegnet war, von der Haut spülen. Er trat ins Badezimmer, beugte sich vor und schlüpfte etwas unbeholfen aus den Schuhen und aus seiner Hose. Dann hob er die Arme, zog sich sein schwarzes Shirt über den Kopf und warf es in hohem Bogen ins Zimmer hinüber. Es verfehlte das Bett, doch dies war ihm für einmal egal. Das Wasser prasselte auf ihn ein und brannte zu Beginn auf all seinen Wunden. Ein heisser Dampf beschlug sowohl den Spiegel als auch das kleine Badezimmerfenster, während all der erlebte Wahn von vorhin den Abfluss hinunterfloss.

Christian legte sich anschliessend neben Mary. Dabei versuchte er, sich so ruhig zu verhalten, wie er nur konnte, um sie nicht aufzuwecken. Im Gegensatz zu ihm musste sie in ein paar Stunden wieder aufstehen, um arbeiten zu gehen. Er zog langsam ein kleines Stück der Decke von Marys Seite zu sich, um seine Füsse in die Wärme zu legen. Dabei entblösste er einen Teil von Mary. Ihr helles, durchschimmerndes Nachthemd schmiegte sich enganliegend an ihren Körper. Er deckte sie wieder etwas zu, damit sie nicht fror. Während er nun so da lag, herrschte eine Totenstille. Nur das permanente Klicken seiner Wohnzimmeruhr vermochte sich dieser Stille zu widersetzen.

Das Zimmer wirkte etwas enger als sonst. Sein Blick schweifte durch den Raum. Durch die Dunkelheit erkannte er die Umrisse eines halb aufgebauten Schrankes, eines kleinen Schreibtisches und davorstehend eines Drehstuhls mit grosser Lehne. War das Kleidung, die darauf lag? Doch da war kein Stuhl. Es waren die Umrisse seines Nachbarn Simon. Er hatte es irgendwie in die Wohnung geschafft, wahrscheinlich während er duschen war. Dies alles schien gar nicht möglich zu sein und dennoch stand er hier vor ihm in seinem Zimmer. Christian kniff krampfartig seine Augen zusammen und ihm schossen tausend Bilder durch den Schädel. Die Kinder. Sie starrten ihn alle drei an. Simon rannte inmitten des Waldes auf ihn zu und die Frau mit dem Rattengesicht streckte ihre Finger nach ihm aus, als versuchte sie, ihn zu packen. Sie alle standen da und konnten ihre leblosen Blicke nicht von ihm abwenden. Die Welt schien stehengeblieben zu sein und er war das Zentrum. Die schwarze Silhouette näherte sich nun und kam direkt auf ihn zu. Ein tiefer Schrei durchhallte die Nacht.

Das Licht der Nachttischlampe sprang in Sekundenschnelle an und Mary beugte sich über ihn.

„Liebling, was ist los?" Sie wirkte zwar schläfrig, dennoch besorgt.

Er schaute sich panisch ihm Zimmer um. Zwischen dem halben Schrank und dem Bürotisch stand einsam der Drehstuhl. Auf ihm lagen ein paar Hosen sowie sein Shirt.

„Wo ist er hin? Wo, wo ist er?" Seine Panik legte sich nur langsam.

„Wo ist wer hin?" Auf die Antwort wartete sie vergebens.

„Liebling, du hast nur schlecht geträumt. Es war doch nur ein Albtraum. Schlaf weiter, Schatz. Morgen ist wieder ein neuer Tag." Sie drückte den Lichtschalter und der Raum verdunkelte sich wieder. Seine Augen brauchten einen Augenblick, um sich erneut an die herrschende Finsternis zu gewöhnen. Simons Silhouette war nun ein gewöhnlicher Drehstuhl und das blieb er auch. Eigentlich hatte er gedacht, dass er jetzt nach diesem Schock nicht einschlafen konnte, doch da hatte er nicht an die Anstrengung und die Strapazen gedacht, die ihn nun einhüllten. Schliesslich wurde er vom Schlaf überwältigt, ohne zu bemerken, dass die Silhouette Simons nun direkt neben ihm am Zimmereingang stand.

Er schlief schlecht und viel zu lange. Als Christian erwachte, hämmerte ihm das Herz in der Brust. Seine Stirn war schweissgebadet. Die pulsierenden Zahlen auf der Uhr, welche schräg auf dem Nachttisch stand, liess ihn wissen, dass es bereits elf Uhr siebenundvierzig war. Das gesamte Zimmer wirkte grau. Die Farbe der Wände kam einem verblassten Regentag wohl am nächsten. Genau jener Regen hatte, wie er nun merkte, auch draussen eingesetzt.

Er lauschte dem dumpfen Prasseln des Regens und dem Seufzen des Windes, als er sich am Nachmittag wieder vor seinen Roman setzte. Die Geräuschkulisse erinnerte ihn stark an die Beerdigung seiner Mutter vor gut zwei Jahren. An jenem Tag, als ihr Sarg in das finstere Loch hinabgelassen wurde, hatte es ebenfalls so geregnet. Er fühlte sich furchtbar.

„Habe ich gestern Nacht überhaupt geschlafen?", fragte er sich, während er der aufkommenden Übelkeit zu trotzen versuchte. Hatte er überhaupt jemals geschlafen? Er erinnerte sich vage an die Vorkommnisse im Wald, welche er gestern durchlebt hatte. Bilder. Immer wieder schossen ihm Bilder durch den Kopf. Bilder der Dorfbewohner, welche ihm gestern begegnet waren. Schreckliche Übelkeit schwappte plötzlich durch seinen Magen. Jetzt musste er sich übergeben. Die aufkommende Galle brannte wie Säure in seinem Hals. Er rannte ins Badezimmer, stiess unterwegs gegen ein paar ungeöffnete Kisten und wäre um ein Haar gestürzt. Er schaffte es jedoch, wenn auch nur knapp, sich auf den Beinen zu halten und noch rechtzeitig die Kloschüssel zu erreichen. Das Mittagessen, welches Mary für ihn aufgespart hatte, verschwand darin.

Er rappelte sich langsam und zittrig auf. Seine Hände waren weisser als die Keramikschüssel, welche sie umschlossen hatten. Ein kurzer Blick in den Spiegel. Er sah schrecklich aus und bestätigte ihn in der Annahme, seit hunderten von Jahren nicht geschlafen zu haben.

Die Sonne hatte an jenem Tag ihren Weg über den Himmel schon fast hinter sich gebracht, als Mary immer noch nicht nach Hause gekommen war. Christian begann nun ernsthaft, sich Sorgen zu machen. Es war bereits die dritte Nachricht, die er seiner Mary auf die Mailbox gesprochen hatte.

„Hey Mary-Maus, alles klar bei dir? Ich bin mir nicht sicher, ob du heute länger arbeiten musst. Melde dich doch kurz bei mir, damit ich mir keine Sorgen machen muss."

Die zweite Nachricht etwas später.

„Mary, wo bist du? Melde dich!"

Die dritte war nur noch ein Flüstern.

„Mary, bitte." Langes Schweigen. „Bist du bei ihm?"

Er stand wie angewurzelt da und schaute nun schon seit etlichen Stunden aus dem Fenster auf die gegenüberliegende Strassenseite zum grossen Haus hinüber. Alle Lichter waren aus und jegliches Leben hatte dieses Heim verlassen. Seine blutunterlaufenen Augen starrten direkt auf das Haus seines Nachbarn.

„Sie war bei dir, nicht wahr?" Sein blick blieb starr. „Du warst den gesamten Nachmittag über nicht zuhause. Wo seid ihr hingefahren? Wo seid ihr hin?"

Er stand da und sprach weiter vor sich hin. Christian war sich kaum bewusst, dass er Selbstgespräche führte. Dann überwältigten ihn Hass und Scham wie ein schlagartiger Migräneanfall und er zweifelte an sich selbst. Christian hatte das Gefühl, alles zu verlieren, was ihm etwas bedeutete. Seine Arbeitsstelle war weg, seine alte Wohnung war weg, nun auch seine einzige Liebe, Mary. Er wollte nach ihr rufen, sie anflehen, zurückzukommen, sie anflehen, bei ihm zu bleiben. Alles schien sich in langsam aufkommendem schwarzem Nebel aufzulösen. Er war vollkommen leer.

Es war bereits Abend geworden. Christian sass völlig isoliert und einsam auf seinem Stuhl. Sein Blick war apathisch auf den pulsierenden Cursor seines Bildschirmes gerichtet. Das Fenster im Zimmer durchlüftete die ganze Wohnung. Ein Unwetter zog auf. Er dachte an Mary. Dabei fühlte er sich innerlich völlig leer. Regen wehte böig vom nun grauen Himmel herab, ein eiskalter Regen. Heftig und schwer stürzte dieser hinunter. Ab und an wirbelte Thor höchstpersönlich seine Blitze herab. Der Donner liess Christian erschaudern. Die Welt um ihn herum wurde allmählich dunkler und farbloser. Wo war sie? Er fragte sich, als er wie ein Häufchen Elend zusammengesackt auf seinem Stuhl sass, ob er womöglich den Verstand verloren hatte. Ein heller Blitz erhellte sein Gesicht, gefolgt von Finsternis. Die eiskalten Regentropfen klatschten auf den harten Beton der Strasse. Donnergrollen. Der Wind kam in Schüben, immer fester. Er drohte schlussendlich, sein Haus fortzutragen. Von den Dachrinnen der Häuser schoss das Wasser hinunter. Es blitzte erneut. Diesmal ziemlich nah. So nah, dass es auch in seinem Kopf hätte blitzen können.

Es war lange Zeit her, seit Christian das letzte Mal geweint hatte. Zu lange, um sich selbst daran erinnern zu können. Selbst damals, als seine Mutter starb, hatte er nicht geweint. Irgendwann, als er gerade an der Schwelle zum Erwachsenwerden stand, war sie abgehauen. Sie hatte ihn und seinen Vater für einen anderen sitzengelassen. Lange Zeit pflegten sie keinen Kontakt. Und dann war sie tot.
Er war traurig darüber, doch geweint hatte er nicht. Vielleicht war er gar nicht dazu im Stande. So dachte er oft. Aber jetzt begann er zu weinen.

Ein schmerzlicher Schluchzer brach aus ihm hervor. Mary fehlte ihm. Was war der Grund für ihr Fernbleiben?

„Mary", flüsterte er mit weinerlicher Stimme, doch niemand antwortete ihm. Sein sanftes Schluchzen war alles, was die unheimliche Stille und das Plätschern des Regens durchbrach. Zum ersten Mal seit einer Ewigkeit und länger weinte sich Christian in den Schlaf.

Ein weiterer Tag verstrich, danach noch einer und noch einer. Immer noch kein Zeichen von seiner Freundin. Er war allein. Auf grosse Tragödien folgt immer Einsamkeit. Er wusste nicht, wo er diesen Spruch aufgeschnappt hatte, jedoch war er nun einsam. Und jene Einsamkeit drohte, ihn wie ein Leichentuch einzuhüllen. Seit Tagen schloss er sich in seinem Haus ein. Wenn er nicht gerade schrieb, beschäftigte er sich damit, in der Wohnung auf und ab zu gehen. Er musste sie finden. Über all die Tage war es im Nachbarshaus dunkel und es schien, als wäre es verlassen.

Gerade als er abermals im Wohnzimmer auf und ab ging, klingelte nach etlichen Tagen sein Telefon. „Mary!"
Er rannte zum Salontisch und hob ab.

„Mary, es tut mir so leid, ich wollte nicht, ich meine, tut mir leid. Tut mir leid, dass ich so zu dir war und dann abgehauen bin. Ich weiss, ich war ein …"

Er sah sich im Raum um, als hoffte er, ein möglichst schlimmes Wort würde auf seinen Kopf fallen und ihm dann zur Hilfe eilen.

„Hier ist nicht Mary!" Eine tiefe Männerstimme. Christian schaute auf seinen Bildschirm und sah, dass der Anruf unterdrückt war. Keine Nummer wurde angezeigt.

„Hallo? Wer bist du?"

„Niemand. Hör mir zu. Konzentriere dich und hör mir genau zu." Seine Stimme klang ruhig und seine Worte überlegt.

„Weisst du etwas von Mary?"

„Ja. Ich weiss, was mit deiner Frau geschehen ist. Du bist in diesem Dorf nicht mehr sicher. Du musst mir jetzt genau zuhören, hörst du?"

„Ja, ja, ich höre." Christian konnte es nicht glauben. Er, der Fremde am anderen Ende der Leitung, wusste, wo Mary war.

„Wo ist sie? Ist sie bei ihm?" Ein Anflug von Euphorie durchströmte Christians Körper und hauchte ihm nach etlichen Tagen wieder so etwas wie Leben ein.

„Du sollst zuhören. Wir haben nicht mehr viel Zeit. Du bist in grosser Gefahr."

„Ok, ich höre. Nur bitte, bitte sag mir, wo ich Mary finden kann."

„Du bist auf dem richtigen Pfad, Chris. Folge ihren Spuren rückwärts und du wirst sie finden. Bedenke jedoch: Du bist ab jetzt in sehr grosser Gefahr, hörst du. Du musst nun aufmerksam sein, darfst dir keine Fehler erlauben. Bereits das kleinste Malheur könnte dein Untergang sein. Du musst auf dich achtgeben."

„Ok, ich verstehe. In grosser Gefahr, ja. Moment mal, was meinst du mit der Spur rückwärts folgen? Hallo? Wer zur Hölle spricht hier?"

„Wir trafen uns auf der Treppe, Chris. Wir sprachen darüber, was war und wann. Obwohl ich nicht da war, bin ich dennoch dein Freund."

Er bekam keine Luft mehr. Alles um ihn herum wurde schwarz. Er spürte, wie er zu fallen drohte. Er musste sich jetzt mehr denn je zusammenreissen.

„Ich verstehe nicht. Was sagst du da?" Christian brüllte nun fast in sein Mobiltelefon. In seinem Kopf pochte und polterte es wie wild, schlimmer als bei einem Migräneanfall. Die Stimme erwiderte in ruhigem Tonfall: „Chris, ich bin der Mann, der die Welt verkauft hat."

Und mit jenen Worten legte der Fremde auf.

Kapitel VI - Hoffnung

Christian verstand nichts. Er stand da in seiner puren Verzweiflung und drückte wie wild auf seinem Mobiltelefon herum, bis dieses ihm keine Rückmeldung mehr gab. Mit voller Wucht und in hohem Bogen flog das Gerät quer durch den Raum, zerschellte mit lautem Krach an der Wand, wo es in mehrere Einzelteile zersplitterte.

„Verdammte Scheisse", brüllte er hinterher. „Was soll das?", fragte sich Christian, dem nun jegliche Hoffnung genommen wurde. „Folge der Spur rückwärts. Und wer ist der Mann, der die Welt verkauft hat?" Seine Kopfschmerzen waren schlimmer als je zuvor. Er musste sich nun konzentrieren. Er stieg die Treppen hoch und spritze sich im Badezimmer einige Tropfen kaltes Wasser ins Gesicht. Dies belebte ihn. „Den Spuren rückwärts folgen. Den Spuren rückwärts folgen." Er murmelte es wie ein Wahnsinniger ständig immer wieder und wieder vor sich hin und dachte nach. Er strengte sich dabei regelrecht an und begann mit seiner Überlegung. „Ich habe sie das letzte Mal gesehen, als sie schlief. Das war nach den Vorkommnissen im Wald", er grübelte eine Weile. „Davor war sie auf der Arbeit." Mit beiden Händen fuhr er sich nun mehrmals über das Gesicht, als wollte er die Antwort aus sich hinausziehen. „Und bei der Arbeit war sie mit Melanie." Es fiel ihm wie Schuppen von den Augen. „Natürlich! Melanie!" Sie wusste vielleicht, was mit Mary passiert war.

Vielleicht war sie ja auch bei ihr oder hatte von ihr gehört.

Er wusste, dass ihre Arbeitskollegin nicht weit weg, irgendwo im Nachbarsdorf lebte. Die beiden Frauen arbeiteten bereits einige Jahre miteinander und hatten auch sonst einen recht guten Draht zueinander. Jetzt musste er nur noch in Erfahrung bringen, wo er sie finden würde. Er könnte im Geschäft anrufen, jedoch erinnerte er sich an sein zerschmettertes Mobiltelefon. Nein. Er beschloss, zu Melanie nach Hause zu fahren und sie persönlich zu fragen. Er machte sich an Marys persönliche Sachen, denn er wusste, dass da irgendwo eine Adresse oder eine Anschrift von ihr zu finden sein würde. Er schob nicht ausgepackte Jacken, Pullover und Lernunterlagen, welche Mary für ihre anstehende Weiterbildung brauchte, beiseite und wühlte sich zwischen den verschiedensten Notizen durch.

„Bingo. Haben wir dich." Er fand die Adresse schliesslich auf dem Formular, welches den beiden als Referenz für die Hausmiete gedient hatte. Er riss die Adresse fein säuberlich heraus und steckte sie ein, zwängte sich in seinen Regenmantel sowie in die Schuhe und verliess das Haus.

Er eilte die Strasse entlang und erwischte noch knapp die Bahn, welche dann mit ihm in die richtige Richtung davonfuhr. Was würde er sie fragen, wenn er dort war? Vielleicht war Mary ja bei ihr und brauchte etwas Abstand zu ihm. Doch aus welchem Grund sollte sie dies tun, vor allem, ohne ihm etwas zu sagen? Ihm schossen tausende Fragen durch den Kopf. Auf keine davon hatte er auf die Schnelle eine Antwort parat.

Nach gut zwanzig Minuten stand er an der besagten Adresse. Kalter Regen ergoss sich über ihn und durchnässte ihn bis in die tiefsten Poren. Seine langen dunklen Haare klebten ihm wie dünne Fäden im Gesicht. Seine Knöchel waren in der Kälte ganz rot geworden. Er schaute auf seinen Zettel und vergewisserte sich, ob er hier richtig war. Die Adresse stimmte, nur war hier kein Haus, auch keine Wohnung. Er befand sich inmitten eines kleinen Dorfplatzes mit einem Brunnen, auf dessen Spitze zwei Engel Harfe spielten.

In den Fenstern der Häuser rund um den Platz brannte nirgends Licht. Er stand alleine in der weiten Finsternis. Christian erblickte eine dunkle Gestalt etwas weiter die Strasse hinunter, die sich als ein älterer Mann entpuppte. Womöglich wusste dieser ja Bescheid und könnte ihm weiterhelfen. Er ging auf ihn zu.

„Hallo. Wohnen Sie hier?", fragte Christian. Der alte Mann nickte. Seine Augen blickten müde in seine Richtung, sein Gesicht ausdruckslos. „Vielleicht können Sie mir weiterhelfen. Melanie, das ist die Frau, die ich suche. Sie soll hier wohnen. Sehen Sie die Adresse."

Er hielt ihm den durchnässten Papierfetzen vor das Gesicht, doch der Herr rümpfte nur die Nase und schüttelte den Kopf. Enttäuschung kehrte in Christians Gesicht zurück. „Okay, danke trotzdem."

Er zerknüllte seinen Zettel und stopfte ihn in die Jackentasche, ehe er sich auf den Weg zurück machen wollte.

„Guter Herr. Hier in der Umgebung gibt es niemanden, der so heisst. Aber kommen Sie doch auf eine warme Tasse Kaffee zu mir. Sie sind ja ganz durchnässt und holen sich noch einen Schnupfen oder Schlimmeres." Christian, der sichtbar fror, nahm diese Einladung dankend an und folgte dem Mann zum Eingang eines Hauses. Als das Licht des Treppenhauses auf ihn schien, machte der ältere Mann einen zufriedenen Eindruck. Schweigend schritten sie gemeinsam die Treppe empor. Christian schaute ihn dabei unbemerkt an, bis sie oben im dritten Stock vor einer dunkelgrünen Tür Halt machten. Der Mann steckte den Schlüssel in das Türschloss und öffnete sein Heim. Der Geruch von Leder und Zigarettenqualm strömte ihnen beiden entgegen. Die beiden Männer traten ein, gingen durch einen kurzen Flur und landeten schliesslich im Wohnzimmer.

„So, da sind wir. Aber wo sind denn meine Manieren? Ich heisse Hofmann. Mike mit Vornamen." Er streckte seine Hand zum Gruss aus.

„Christian, freut mich, Sie kennenzulernen."

„Ich mache Ihnen erst einmal den Kaffee. Schauen Sie, dass sie aus der nassen Jacke kommen."

Langsam vor sich hin trottend, verliess Mike das Zimmer und liess ihn alleine zurück. Christian vernahm, wie in der Küche verschiedenste Schränke geöffnet und wieder geschlossen wurden. Kurz darauf kehrte der Mann zurück. In seiner Hand hielt er eine grosse Kanne und eine vergilbte Tasse. Er stellte sie vorsichtig auf den Tisch, ging zur Heizung hinüber und drehte sie auf die höchste Stufe. „Vielen Dank für alles."

Ein verdutzt dreinschauender Hirschkopf blickte von der Wand auf ihn herunter. Mike griff nach der Kanne und schenkte etwas von dem Inhalt in die Tasse.

„Das ist Kaffee", sagte er. „Ich hätte ja noch gerne einen Schluck Schnaps reingekippt, nur ganz wenig. So hat man das früher gemacht. Sogar die Ärzte haben einem stets dazu geraten. Aber ich habe das Teufelszeug seit langer Zeit aus diesem Haus verbannt." Der alte Mann kratzte sich am Kinn und fuhr fort. „Geht's Ihnen besser?"

„Ein wenig, ja." Christian nahm die Tasse in beide Hände und nippte daran.

„Was sagten Sie, wie ist der Name der Dame, die Sie suchen?" Christian trank einen weiteren Schluck, legte die Tasse auf den Tisch und hielt seine Hände nun über die Heizung. Er spürte, wie seine Finger langsam wärmer wurden.

„Ihr Name ist Melanie. Ihren Nachnamen weiss ich leider nicht. Aber ich weiss, wo sie arbeitet, falls Ihnen das weiterhilft." Christian trank seinen bitteren Kaffee aus und stellte die Tasse wieder auf den Tisch vor sich. „Wie lange sind Sie schon hier in Aldersberg?"

„Erst seit kurzem", antwortete Christian und fragte sich, woher Mike wusste, dass er da wohnte.

Er hielt inne. „Und aus welchem Grund suchen Sie diese Person?"

Christian schaute nun etwas perplex in die Richtung des grossen Mannes, welcher es sich mittlerweile auf dem alten Stoffsessel ihm gegenüber bequem gemacht hatte. Christian zögerte, bemüht seine Gedanken zu ordnen. „Ich habe keine bösen Absichten, wenn es das ist, was Sie meinen. Sie ist eine Arbeitskollegin meiner Freundin, welche nun schon seit einigen Tagen verschwunden ist. Ich dachte, sie könnten mir eventuell weiterhelfen."

Herr Hofmann sagte nichts darauf. Er blickte auf die Kaffeekanne neben sich. Eine Weile verging, ohne dass sie etwas sagten. Aufmerksam betrachtete Christian den Mann vor sich. Nach einem weiteren

Augenblick stemmte sich Mike hoch. Er sah Christian an. Hier drinnen in dem geschlossenen Raum wirkte er plötzlich in seiner nicht enden wollenden Grösse um einiges bedrohlicher als noch vorhin im Treppenhaus.

„Das ist Ihre Heimat hier? Sie kennen Sie, nicht wahr? Sie kennen Melanie. Sie wissen, von wem ich rede?"

Er antwortete nicht, ging aus dem Zimmer und verschwand ohne Ton in der Küche.

„Mike?" Christian stand regungslos da. Mike kehrte mit einer weiteren Tasse zurück, goss sich ebenfalls etwas Kaffee ein und setzte sich wieder.

„Woher kommen Sie?" Seine Stimme änderte sich und hörte sich jetzt irgendwie anders an. Als gäbe es etwas, was Christian nichts anging.

„Was meinen Sie damit?" Christian machte ein paar Schritte auf Mike zu, welcher es sich wieder in seinem Sessel gemütlich gemacht hatte.

„Ich meine damit nicht ihre Herkunft, sondern woher Sie kommen." Ein kurzer Moment der Stille. Er fuhr fort: „Sie sind nicht von hier und gehören hier auch nicht hin." Sein Ton wurde zunehmend ernster. „Verschwinden Sie von hier, bevor Sie noch grösseren Schaden anrichten."

Er stand wieder auf und die beiden standen sich nun direkt gegenüber. Christian sah ihm tief in die Augen, konnte sich jedoch nicht bewegen. Hätte er gewollt, hätte er nicht mehr weglaufen können. Er hätte genauso gut angekettet sein können.

Herr Hofmann fuhr fort: „Dieses Dorf. Aldersberg ist für mich und meinesgleichen wichtig. Und dann kommen Fremde wie Sie aus der Stadt und verwandeln alles in eine Katastrophe. Ihr fresst uns auf. Und wir wollen nicht aufgefressen werden. Verstehen Sie?" Christian verstand gar nichts. Er antwortete ihm nicht. Ihm wurde nun leicht schummrig. Er schaute zu seinem Kaffee und ihm dröhnte auf einmal der Kopf. Das Wohnzimmer fing an, sich zu drehen, und er sah nur noch verschwommen, als blickte er durch einen Vorhang.

„Sie, Sie haben mich vergi ...", mit einem lauten Plumps krachte Christian auf den Boden und riss dabei die Kanne mit dem restlichen Kaffee mit. Das Drehen hörte auf. Alles wurde schwarz. Ein leises Flüstern: „Es ist hinter dir her, Christian, versteckt unter der Haut der Dorfbewohner. Ich bin zu schwach, es aufzuhalten. Du aber, du kannst ihr entgegentreten. Bringe Licht dorthin, wo das Dunkel herrscht."

Woher kam bloss diese Stimme? Und wem gehörte sie? Dieser Traum war wild und düster. Für einen Albtraum typisch, war Christian zu spät dran. Er wusste nicht, für was, nur dass es so war. Er stand auf einer verlassenen Strasse im Nirgendwo. „Ich habe doch gesagt, dass Sie sich melden sollen, wenn

Sie etwas brauchen." Er hörte die Stimme seines Nachbars, ohne ihn zu sehen. „Ich habe es gesagt! Zu ihnen und zu ihrer Frau!" Die Stimme wurde lauter. Christian tummelte sich auf der einsamen Strasse, umringt wurde er von undurchschaubarem Nebel und dichtem Wald. Überall dieser Wald. Hier draussen spürte er die erdrückende Dunkelheit. Sie schien ihn zu zerquetschen.

Christian fuhr sich mit der Zunge über die trockenen Lippen. Die Stimme kam immer näher.

„Ich habe es Ihnen gesagt und ich bestehe darauf."

Christian drehte sich wild im Kreis und obwohl er ganz alleine hier draussen war, sprach sein Nachbar zu ihm. Christian erkannte nun, wo er sich befand. Die alte Holzverarbeitungsfabrik ragte vor ihm hoch in das weite Schwarz. Ein Gefühl des Würgens überkam ihn. Ihm blieb kurz die Luft weg und er wusste: „Es war hier."
Er sah zwar nichts, doch er konnte es spüren. Das Etwas, das hier herrschte, war hinter ihm her. Es war in seinen Traum gelangt und wollte nun auch ihn erwischen. Zuvor hatte es Mary verschlungen. Ohne eine weitere Sekunde zu zögern, rannte er los. Das Dunkel hatte ihn berührt, ihn berührt und seine Krallen in sein Gehirn geschlagen.

„Du musst beenden, was du angefangen hast." Die Stimme kam aus seinem Kopf. Er rannte weiter auf die Fabrik zu, als wollte er dort Unterschlupf finden.

„Das Dorf hat sie dir genommen."

Christian sackte vor Erschöpfung zu Boden. Das schwere Schwarz zog an ihm, drückte ihn mit aller Kraft in die Erde. Er spürte den Schmerz und wie sich die Fingernägel in seine Handflächen bohrten. Er wollte schreien, doch er brachte keinen Laut aus seiner Kehle. Er sah in ein tiefes schwarzes Loch, das ein Bewusstsein zu haben schien. Es versuchte, ihn zu verschlingen.

„Doch das ist nicht endgültig", fuhr die Stimme fort. „Du kannst sie zurückbringen. Du kannst sie noch retten. Dieser Ort hier ist besonders. Aber dafür musst du schreiben. Du kannst sie zurückschreiben, Chris. Du schreibst es und es wird wahr werden."

Er war nicht ganz sicher, ob er es verstanden hatte.

„Mein unfertiges Manuskript als Lösegeld", dachte Chris, während er am Boden lag und mit beiden Armen sein Gesicht verdeckte. „Ja, ich schreibe", flüsterte er. „Ja, ich schreibe. Ja, ich schreibe", wiederholte er die Wörter mehrmals, immer lauter werdend, bis die Finsternis ihn komplett umhüllte.

Christian kam auf dem harten Wohnzimmerboden zu sich. Zitternd und mit Tränen in den Augen sass er da, alleine in dem spärlich beleuchteten Raum. Er fühlte sich noch etwas benommen und ihm war übel wie bei einem Kater. Er rappelte sich langsam hoch und versuchte mit aller Mühe, sich oben zu halten. Er war wieder in Mike Hofmanns Wohnzimmer. Nur die Wut hielt ihn aufrecht. Er war verwirrt und benebelt aufgewacht. Sein Verstand eingenommen von schierer Dunkelheit und Angst. Ihm blieb jetzt nur die Flucht.

Mike Hoffman, welcher ihm Einlass geboten und anschliessend in diesen Albtraum geschickt hatte, war verschwunden. Doch er konnte jederzeit auftauchen. Der intensive Albtraum forderte seinen Tribut. Mit schweren Schritten gelang es Christian, sich ins Treppenhaus zu retten, ehe er den Weg nach draussen fand. Der Regen hatte merkwürdigerweise aufgehört und die Wolken waren weg. Der klare Sternenhimmel entfaltete sich am weiten Horizont. Die Kälte ergoss sich über Christian, dessen Kleidung immer noch etwas durchnässt war.

Die Reise zurück empfand Christian als viel schneller als am Nachmittag.

„Ist es nicht seltsam? Das Zurück geht immer schneller als das Hin, nicht wahr?"

Die Stimme von Mike sprach aus dem Nichts zu ihm. Christian schaute wild um sich und vergewisserte sich, dass er zu dieser späten Stunde alleine im Abteil der Bahn sass. Niemand da. Er musste dringend versuchen, einen klaren Kopf zu bekommen.

Noch immer etwas schummerig von dem Schlafcocktail, fuhr er weiter.

Er kehrte in seine Wohnung zurück. Die Hoffnung darauf, dass Mary auf ihn warten würde, war schwindend klein. Das Licht war aus und es herrschte fast völlige Stille. Nur der Kühlschrank summte leise vor sich hin. Es war für ihn alles verschwommen. Er fühlte sich leer, als hätte er Blut gespendet.

Er entledigte sich seiner immer noch etwas nassen Kleidung. Was er nun gab, war wesentlich mehr als nur sein Blut. Schliesslich setzte er sich an seinen Schreibtisch und schrieb. Eine neue Geschichte. In der Dunkelheit wie bei Tag schrieb er. Eine ganze Woche lang. Ein fast fertiges Manuskript.

Kapitel VII - Normalität

Allein im Tageslicht, umgeben von der Schönheit der ländlichen Idylle, fiel es Christian schwer, noch ein letztes Mal die Zweifel hinunterzuschlucken. Die letzten Tage schrieb er wie im Wahn. Die Zeit floss nur so dahin, während er hunderte von leeren Seiten mit seinen Gedanken füllte. Sein Werk war beinahe vollbracht. Und dennoch war seine Mary immer noch nicht da. Christian wusste nicht mehr weiter. Was war noch Realität und wo endete seine Fantasie? Er schrieb weiter.

Viele weitere Tage vergingen. Eines Morgens schien Christian wie ausgewechselt. Ausgeschlafen und voller Tatandrang stand er draussen auf dem Gehweg. Die Strasse vor ihm war leer und die Wasserkristalle auf dem Gras des Nachbargartens glitzerten in der Morgensonne wie Diamanten.

Christian, welcher noch nichts von seiner Mary gehört hatte, wollte an diesem spätsommerlichen Tag noch etwas Nahrung für das kommende Wochenende kaufen. Er hätte diesen Einkauf zwar auch noch am Samstag machen können, doch was bereits erledigt war, war erledigt.

Etwas später im Laden, als er in der Warteschlange stand, erkannte Christian vor ihm eine junge Frau, welche ihn stark an eine Kollegin aus der Schule erinnerte. Salome hiess die Gute. Er musste dafür kurz nachdenken. Sie besuchte das zehnte Schuljahr mit ihm, ehe sie wegen psychischer Probleme plötzlich verschwand. Bei näherem Betrachten war er gar nicht mehr sicher, ob sich die beiden überhaupt ähnlich sahen.

„Davon sollten Sie nicht zu viel essen." Der Mann hinter ihm tätschelte sich den Bauch und zeigte mit der anderen Hand auf das Stück Karottentorte, welches Christian aufs Förderband gelegt hatte.

„Das sieht man Ihnen dann sofort an." Er machte eine kurze Pause und fuhr fort: „Obwohl so ein schlanker Kerl wie Sie einer sind."

Christian lächelte den Mann freundlich an.

„Guten Tag!" Die Kassiererin erfasste seine Artikel und wünschte ihm einen schönen Tag.

Wieder zurück auf der Strasse, begegnete er allerhand Leuten, welche an ihm vorbeigingen und freundlich grüssten. Die Ereignisse der letzten Tage und Wochen waren wie weggeblasen. Verflogen war er, der ganze Wahnsinn.

Die Sonne brannte sich allmählich in seine Haut. Nach dem heftigen Unwetter der letzten Tage war dies ein höchst ungewohntes Gefühl. Kurz vor der Siedlung begegnete er wieder dem Mann mit der Glatze, welcher letztens mit seinem Hund spazieren war. Diesmal, er erkannte ihn erst nach mehrmaligem Hinsehen, war er mit seinem Bike unterwegs, brummte gemächlich an ihm vorbei und gab ihm mit seiner Hand einen freundlichen Gruss mit auf den Weg. Alles ging seinen normalen Gang.

Einzig von seiner Mary fehlte weiterhin jede Spur. Ebenso von seinem Nachbarn Simon.

Kapitel VIII - Gefangenschaft

Trotz der Besorgungen, welche er für das Wochenende getätigt hatte, brauchte Christian an diesem Samstag noch einige Kleinigkeiten. Nach all den sonnigen Tagen hatte der Herbst erneut die Oberhand gewonnen. Über Christian erhob sich ein stahlgrauer Himmel, so farblos und flach wie ein viel zu grosser Spiegel. Von Zeit zu Zeit fielen vereinzelt ein paar Regentropfen herab und tropften auf den harten Asphalt.

Christian schlenderte gemächlich mit seiner Einkaufstasche die Strasse entlang zu seinem Haus. Es fiel ihm sofort auf. Die Veränderung war minimal, doch ihm brannte sie sofort im Auge. Das Garagentor seines Nachbarn war sperrangelweit geöffnet. Von Simon fehlte nach wie vor jede Spur, das Tor jedoch stand offen. Die Lichter waren immer noch aus und nichts machte den Anschein, dass hier in den letzten Tagen jemand gehaust hätte. An jedem anderen Tag hätte er vorerst noch mit sich selbst gerungen, doch jegliche Vernunft war ihm bereits abhandengekommen. Er würde hineingehen. Es zog ihn wie ein Süchtiger zu dem Haus. Er war süchtig. Süchtig nach der Wahrheit. Er wollte wissen, wie weit die Dunkelheit gehen konnte, bis wohin sie sich vorwagen würde.

Christian trat auf den Vorplatz und wartete kurz, um zu horchen. Er wollte sich ein Bild von der Garage machen, um an Hinweise zu kommen. Er stellte seine papierene Einkaufstüte auf den Boden. Bevor er die Garage betrat, blieb er ein weiteres Mal kurz stehen, drehte sich um und schaute die Strasse entlang. Niemand war zu sehen oder ihm gefolgt. Der Himmel über ihm wurde dunkler. Er schlich sich lautlos hinein. Auto war keines da, er musste mit ihm unterwegs sein.

„Schauen wir mal, was du zu verbergen hast", flüsterte er sich selbst zu. Die Garage war vollkommen überstellt. Christian war schon von klein auf sehr ordentlich. Eine solche Ordnung suchte er hier vergebens. Loses Gartenwerkzeug lag auf einer provisorisch eingerichteten Werkbank kreuz und quer verstreut. Auf einem Wandregal standen bereits geöffnete Farbdosen, hauptsächlich mit weisser und gelber Farbe, dazu diverse Felgenmittel, Kettenschmierpaste sowie mehrere Kanister Salmiaklauge. Unter dem Regal lagen duzende grosse schwarze Kehrichtsäcke. Sie waren allesamt gefüllt. Die Kehle fing an, sich zuzuschnüren, und er spürte die undurchdringbare Kälte. Der Boden schien sich unter ihm wegzuziehen, sich zu verflüchtigen und ihn für alle Ewigkeiten in eine schwarze Unendlichkeit zu stürzen.

„Was hast du ihr angetan?" Christian krümmte sich. Er musste es wissen und riss die Säcke wie früher die Weihnachtsgeschenke auf. Einen nach dem anderen. In jenem Moment wusste Christian nicht, ob er erleichtert oder enttäuscht war. Was er vor sich hatte, war nichts als schmutzige Wäsche. Sortiert nach Farben in den vielen schwarzen Kehrichtsäcken. Verzweiflung.

„Und hier", so dachte er in jenem Moment, „ist der Zeitpunkt gekommen, die Garage zu verlassen und zurückzugehen. Vielleicht wird sich das ganze Drama im Verlauf der nächsten Tage ja von selbst klären und alles wird sich als ein grosses Missverständnis herausstellen."

Und gerade als er sich umdrehen wollte, sah er die Tür vor sich. Sie schien ihn schier einzuladen. Ohne auch nur einen Moment darüber nachzudenken, ging er auf sie zu. Er musste seine Frau aus dem dunklen Gefängnis befreien. Wenn sie denn hier war.

Er streckte seine Hand nach dem Türknauf aus, aber dieser schien sich von ihm zu entfernen. Nach etlichen Versuchen bekam er ihn zu fassen und drehte daran. Er bewegte sich. Die Tür ächzte leicht. Behutsam schob er sie auf. Ganz langsam. Er schob fest und gleichmässig, um nicht mehr Lärm als nötig zu machen. Er lauschte und trat vorsichtig in den Flur.

Ein Flüstern machte sich in der leeren Wohnung bemerkbar, ein leises Wispern. Es jagte ihm eine schaurige, unerklärliche Angst ein. Es war unheimlich. „Was hat dieser Bastard ihr angetan?"

Auf leisen Sohlen schlich Christian durch den Eingangsbereich. Er fand sich in einem schmalen Flur wieder. Das Haus glich seinem, nur dass hier alles spiegelverkehrt war. Immer wieder sah er vor sich, wie sein Nachbar ihn erwischen würde. Das Licht des Hauses würde plötzlich angehen und Simon würde vor ihm stehen. All dies spielte sich in seinem Kopf ab. Er wusste nicht, wie lange er bereits im Flur war und seinen Gedanken nachging. Jedenfalls lange genug, dass sich seine Augen an die Dunkelheit gewöhnt hatten. So beklemmend es auch war, die Vorstellung, erwischt zu werden, war nicht seine grösste Angst. Die Art, wie er Mary vorfinden könnte, bereitete ihm Sorge. Er musste weitersuchen. Dass er hier unten nichts finden würde, wusste er, ohne weiter nachzusehen. Es war eine Art Gefühl. Er wusste es einfach.

„Du bist doch verrückt", dachte er. Verrückt, dass er dies tat. Doch er hatte einen guten Grund dafür. Mary! Mit langsamen Schritten ging er die Treppe hoch in den zweiten Stock. Auf jeder Stufe blieb er einen kurzen Augenblick stehen und lauschte. Die Holzdielen ächzten und jammerten unter seinen Schritten. Wäre hier jemand zuhause, so wüsste er spätestens jetzt, dass er hier war. Christian überlief, während er durch den oberen Gang schlich, ein kaltes Schaudern.

Er ging, ohne zu zögern, am Badezimmer vorbei und steuerte direkt auf das Schlafzimmer zu. Die Angst, welche er vorhin verspürt hatte, wich nun und verwandelte sich in pure Aufregung. Aufregung darüber, dass er sich nun der Dunkelheit stellte und endlich etwas dagegen machte. Dieser Gedanke half ihm, weiterzugehen. Er half ihm hier und jetzt, in das fremde Haus einzubrechen. Und niemand würde ihn erwischen, weder Simon noch die Finsternis, welche dieses Dorf umgab und es wie ein Geschwür in Besitz genommen hatte.

Es wirkte hier alles so vertraut. Das Schlafzimmermobiliar schien aus einer längst vergangenen Zeit zu stammen. Die Möbel waren antik, der Teppich, auf dem das Bett stand, schien uralt zu sein. „Ein alter Wandteppich, womöglich aus einer schottischen Hochburg", dachte er sich, während er damit begann, Schubladen auf- und zuzumachen. Er schaute unter dem Bett, wühlte im Wandschrank und bemerkte erst spät, dass Gartenwerkzeug auf dem Bett lag. Es schien sich jedenfalls um Gartenwerkzeug zu handeln. Das Teil, wonach er griff, war eine Art langer Spitzhacken.

„Du krankes Schwein!" Es brauchte nicht viel Phantasie, um sich ausmalen zu können, was er seiner Mary angetan haben könnte. Er suchte weiter.

In diesem Moment hörte er von unten, wie die Türe langsam geöffnet wurde. Simon war wieder da. Für einen Augenblick verharrte Christian wie gelähmt. Die Tür wurde geschlossen. Hier oben sass er in der Falle. Christian stiess rückwärts an die hinter ihm stehende Kommode. Den Krach, welcher dabei entstand, konnte man bis unten hören. Im letzten Moment fasste er nach der gefährlich wackelnden Nachttischlampe.

Simon, welcher gerade nach Hause gekommen war, verriegelte sofort seine Haustür und hängte seine Jacke an den Hacken. Sein Blick starrte emotionslos hoch in Richtung der Treppe. „Ist da jemand?", fragte er ins Ungewisse. Er wusste allerdings sofort, dass da oben jemand war. Ein schneller Griff in den Schirmständer - eine Spitzeisenstange. Ohne zu zögern, schritt er darauf los. Christian sass oben fest. „Scheisse, Scheisse, Scheisse!" Panisch suchte er nach einem Ausweg. Er hörte das knarzige Ächzen der Treppe, welche sich unter dem Gewicht von Simons Schritten bemerkbar machte. Er wich einige Schritte zurück und blieb mit laut pochendem Herz stehen. Er schaute nach rechts. Ein winziges Seitenfenster. Er hörte, wie Simon die Treppe hinaufstieg. Er musste jeden Moment oben sein.

Schritt für Schritt näherte er sich Christian, welcher nun verzweifelt versuchte, das Schiebefenster zu öffnen. Es klemmte jedoch. Es folgte ein Augenblick schierer Angst. Simon war nun oben neben dem Badezimmer angekommen. Er ging weiter. Christian hämmerte mittlerweile auf das Fenster ein und zog, wo er nur ziehen konnte. Seine Hände waren schweissnass. Die Fensterverriegelung klemmte. Er griff fest zu und drehte sie mit Gewalt um.

Endlich bewegte sich das kleine Schiebefenster. Seine Rettung, sein Tor in die Freiheit. Simon stampfte mit erhobener Eisenstange in das Zimmer. Es war leer. Ein kurzer Blick und er erkannte sofort, wie sich der durchsichtige Seidenvorhang vom Winde getrieben bewegte. Das kleine Schiebefenster stand zu dreiviertel offen. Der Haltemechanismus lag abgebrochen darunter.

Der Sprung aus dem zweiten Stockwerk hatte seine Spuren hinterlassen. Zum einen an dem penibel gepflegten Rasen, welcher nun zwei tiefe Beulen vorzuweisen hatte, zum anderen bei Christian selbst. Seine Knöchel schmerzten höllisch und trugen ihm Tränen in die Augen. Der Himmel war nun einheitlich grau und blass. Christian erhob sich. Er musste hier schleunigst weg.

Er stolperte davon, scheuchte den umherstreunenden Kater auf und kollidierte unsanft mit der grünen Mülltonne, welche für die Gartenabfälle der Siedlungsanwohner gedacht war. Auf allen Vieren kämpfte er sich weiter und sah hoch oben am Fenster Simon auf sich herabblicken. Mit einem toten Blick stand er regungslos da und blickte seelenlos auf ihn hinab. In diesem Moment wusste Christian, dass er Mary wohl niemals mehr bekommen würde. Sein

Nachbar hatte sie, tot oder lebendig. Er hatte sie. Gefangen in der Dunkelheit.

Er irrte nun blindlings über die Strasse. Dabei stiess er seine Einkäufe um und liess sie hinter sich liegen. Er sah den Postboten, welcher mit seinem Elektrofahrzeug gerade bei dem Haus neben sich seine Arbeit verrichtete. Auch er blieb auf der Stelle stehen, liess die Briefe in seiner Hand fallen und starrte mit leerem Blick Christian nach. Dieser rannte nun. Er spürte Schmerzen in seinen Knöcheln und stiess mit der älteren Dame zusammen. Gemeinsam stürzten sie zu Boden. Er erkannte seine Nachbarin, die nette Dame, welche ihn mit Mary willkommen geheissen hatte.

„Sie müssen mir helfen!", flehte er in ihre Richtung, während er noch am Boden lag.

„Junger Mann, was ist mit Ihnen passiert?" Ihre Stimme klang besorgt und Christian war erleichtert, dass sie noch die letzte normale Person war.

„Meine Frau, Mary", fuhr er fort, „haben sie Mary gesehen? Wissen sie etwas?"

Oben am Fenster sah er Simon stehen. In seiner Hand hielt er eine gezackte Eisenstange eng umschlossen.

„Er hat sie. Er hat sie." Immer wieder wiederholte er die Worte und zeigte dabei auf den oberen Stock von Simons Haus. Janette, welche heute im Vergleich zu sonst alles andere als elegant wirkte, trat einen Schritt zurück. Christian stand nun völlig irritiert und hilflos vor ihr.

„Mein Herr. Was meinen Sie genau? Kennen wir uns?"

„Was? Sie kennen mich. Sie haben uns doch hier vor der Garage ..." Sie schüttelte nur ihren Kopf. Christian wusste nicht mehr, was er glauben konnte, und sah gerade, wie Simon aus seiner Haustür trat und ihn weiter anblickte, als wäre er hier der Verrückte. Auch Janette starte nun regungslos auf Christian herab. Sie alle sahen ihn nun vorwurfsvoll an. Die Dunkelheit schien aus ihrem Inneren herauszukommen und die ganze Siedlung einnehmen zu wollen. Sie qualmte aus ihren Augen und reckte ihre kalten Krallen nach ihm.

„Das Manuskript! Ich habe es geschrieben. Das Manuskript, du kannst es haben." Er holte zwei, dreimal tief Luft. „Nur gib sie mir wieder. Ich will sie wiederhaben. Gib mir meine Mary wieder. Lass sie frei!"

Die Dunkelheit antwortete ihm nicht. Er spürte, wie die erdrückende Last, die von ihr ausging, versuchte, in ihn einzusickern und zu durchströmen wie langsames Gift.

„Nein, nein ..." Er stolperte und fiel rückwärts die Treppe hinunter. Christian spürte, wie Blut aus seiner Wunde am Kopf tropfte. Er schaffte es irgendwie, auf die Beine zu kommen und zu seiner Tür zu gelangen. Er brachte sich in Sicherheit, schloss hastig ab und entfernte sich langsam rückwärts von dem Eingang. Die ganze Bedrohung schien von jener Tür auszugehen.

Dieser Abend würde ihm noch lange in Erinnerung bleiben. Es war jene Nacht, in welcher er in Embryostellung auf dem Boden vor jener Tür in den Schlaf fiel.

Kapitel IX – Inferis

Das Haus des jungen Paares war leer. Die Jalousien waren seit einer Ewigkeit nicht mehr geöffnet worden und erweckten den Eindruck der Vernachlässigung. Das Haus war vollkommen dunkel. Der Regen peitschte wild gegen die Windschutzscheiben der geparkten Autos, welche an den Seiten der Strasse parkten. Simon Jager stand unter dem Unterstand in seiner Einfahrt und starrte auf das Haus der beiden neuen Anwohner. Er schien, einen inneren Konflikt auszutragen.

Nach einer Weile setzte er sich in Bewegung und ging auf das Haus zu. Ein dichter grauer Schleier hing darüber. Er überquerte mit behutsamen Schritten die Strasse. Dem Postboten sowie Janette, welche gerade ihre Katze hinausliess, nickt er zum Gruss wortlos zu. Man kannte sich bereits seit einer Ewigkeit. Er stand nun direkt vor dem Haus. Kein Lebenszeichen. Was wohl mit der sympathischen jungen Dame passiert war? Soviel er wusste, war ihr Name Mary. Er klingelte. Ein langes Warten. Nichts. Er hämmerte mit seinem Handrücken drei Mal an der Tür. Tock – Tock – Tock. Keine Reaktion. Er wollte bereits wieder gehen, doch instinktiv fasste er an den Türgriff und zu seinem Erstaunen war nicht abgeschlossen.

Neben seinem Hauptberuf als Landschaftsgärtner ging er der Tätigkeit als Hauswart dieser Siedlung nach. Er nahm sich die Freiheit, einzutreten, setzte seinen rechten Fuss über die Schwelle und dann auch den linken. Er war drinnen.

„Hallo?" Er lauschte. „Ist hier jemand? Hier ist Simon, Ihr Nachbar. Ich komme mal vorbei, um zu schauen, ob alles in Ordnung ist."

Alles wirkte ordentlich und überdurchschnittlich gut gereinigt. Es roch streng nach Desinfektionsmittel. Der Geruch erinnerte ihn an seinen letzten Spitalbesuch vor gut einer Woche, als er seine Nachbarin Janette wegen eines verstauchten Knöchels dahin gebracht hatte. Die Lichtschalter funktionierten nicht. „Wie kann das sein?", fragt er sich, während er vergeblich den Schalter auf und abdrehte. Die Glühbirne an der Decke machte keinen Wank. Simon dachte kurz nach, zog dann sein Mobiltelefon heraus, schaltete die Beleuchtung des Bildschirms an und schwenkte das hellblaue Licht umher. „Hallo?" Seine Stimme hallte dumpf durch die Gänge. Sämtliche Fenster waren mit Isolierband versehen.

Er stieg langsam die Treppe hinauf und folgte dem kleinen Schein seines Mobiltelefons. Keine Spur von den beiden. Nichts als Stille begegnete ihm in den Gängen des Hauses. Er fand sich trotz erdrückender Dunkelheit gut zurecht, denn die Architektur glich der seines eigenen Hauses.

Er betrat das erste Zimmer, welches wohl als Arbeitszimmer benutzt wurde. Er schwenkte mit dem Licht durch den Raum. Der Lichtstrahl aus seinem

Smartphone verlieh den Dingen, die er anleuchtete, ein gespenstisches Aussehen. Auf dem Bürotisch stand ein geöffneter Laptop, welcher sogar noch zu laufen schien. Simon näherte sich ihm langsam und fuhr sanft mit der Hand über die Tastatur. Der Bildschirm erwachte schlagartig zum Leben und erfüllte den Raum mit seinem weissen blendenden Schein.

„Vielleicht ist einer der beiden Schriftsteller", dachte er und fing gespannt an, zu lesen. Was er vor sich hatte, waren lauter zusammenhangslose Sätze. Er scrollte etwas hinunter, noch ein wenig, und da stand in Grossbuchstaben geschrieben:

Sie wurde in ein tiefes schwarzes Loch gesteckt. Er schloss sie ein inmitten der Dunkelheit und nahm ihr ihre Seele. Sie war eine Gefangene ohne Bewährung. Was für eine Schande er ihr antat. Er hatte sich ihr ermächtigt und sie tief in die Finsternis gezogen, wo niemand sie je hätte erreichen können. Mein Manuskript als Lösegeld war ihm nicht genug, seine Gier und die der Dunkelheit waren unersättlich. Ich musste mich damit abfinden, dass sie tot war. Getötet von ihm, dem unscheinbaren Nachbarn. Wie er es tat? Wohl mit seinem Gartenbesteck. Entsorgt in unzähligen Kehrichtsäcken, um die Aufmerksamkeit der Leute nicht zu erwecken. Den Rest frisch verpackt in der Gefriertruhe als Trophäe …

Simon blickte schockiert auf. Der Nachbar? Er brauchte einen Augenblick, um es zu realisieren. Er war der Nachbar, von welchem diese Geschichte handelte. Plötzlich vernahm er ein Geräusch. Hatte er etwas gehört? Er eilte hinaus, hastig die Treppe zum Wohnzimmer hinab, und rief erneut: „Hallo? Ist da jemand? Vielleicht gibt es da ein Missverständnis. Sie waren, glaube ich, vor ein paar Tagen in meinem Haus und ..."

Er glaubte, aus den Augenwinkeln eine Bewegung wahrzunehmen. Er schaute sich um. Da war überhaupt niemand. Simon rieb sich die Augen. „Ich sollte hier schleunigst verschwinden", schoss ihm durch den Kopf, während er mit seinem Mobiltelefon den Raum weiter ableuchtete.

Der Lichtkegel blieb vor der Treppe, die zum Keller führte, stehen. Er musste da runter, um nachzusehen. Wie von einer unsichtbaren Hand gelenkt, marschierte er apathisch auf die Treppe zu und stieg vorsichtig ein Stockwerk in die Tiefe hinab. Schritt für Schritt seinem unabwendbaren Verderben entgegen, stieg er in die unendliche Finsternis hinab.

Im Vergleich zum Rest des Hauses war es kühl dort unten im Keller. Aber auf einmal fühlte es sich für ihn überhaupt nicht mehr so an. Die Luft wurde zunehmend stickiger und eine wuchernde Wärme umfing in. Diese schien jedoch von ihm aus zu kommen.

„Was zum Teufel?" Simon blieb stehen. In der Mitte des Raumes stand eine einsame Kühltruhe. Sie stand einfach da und wurde über ein Verlängerungskabel mit Strom versorgt. Sie wirkte jedoch vollkommen fehl am Platz und gehörte irgendwie nicht dahin. Eine weisse Kühltruhe.

Spätestens jetzt realisierte Simon, dass er es mit seiner Angst zu tun bekam. Er wollte davonrennen und zugleich steuerte ihn das Verlangen nach dem Öffnen dieser Truhe in die Mitte des Kellerraumes. Er trat vor die Kühltruhe, öffnete sie, blickte hinab und verstummte. Er starrte einfach nur hinein.

Einen Augenblick später sollte er zu schreien beginnen, aber in diesem Moment stand er mit weit aufgerissenen Augen einfach da. Seine Hände zitterten. Der Geruch, der ihm entgegenkam, war der Geruch von Moder und Fäulnis.

Da riss ihn ein dumpfes Geräusch aus seiner Starre und sein Blick haschte zur Kellertreppe. Davor stand eine Gestalt in schwarzer Robe mit Kapuze. Simon verharrte regungslos, wo er war, nicht fähig, sich zu bewegen, geschweige denn, zu sprechen. Die Gestalt vor ihm setzte seine Kapuze ab und er erkannte den jungen Mann, Christian, der sich seiner Robe nun komplett entledigte und seinen blassen, leicht abgemagerten Körper entblösste.

Er begutachtete ihn, wie er da nackt vor ihm stand. Er betrachtete sein langes schwarzes Haar und seine dunklen Augen, die ihm tief in die Seele zu schauen schienen. Dann liess er den Blick über die blasse Haut schweifen. In seiner rechten Hand war ein Messer. Seine Haut wirkte fast durchscheinend. Er stand da, wie Gott ihn geschaffen hatte.

In diesem Moment wirkte er auf Simon wie ein bleicher Dämon. Es folgte ein Augenblick schierer Angst. Simon, welcher sich immer noch über die tote Mary gebeugt hielt, konnte sich nicht bewegen. Es schienen ihn unsichtbare Fesseln zu halten. Sein Gegenüber wartete. Langsam hob er sein Messer und ging auf ihn zu. Ein Schrei drang aus seiner Kehle, ein Schrei von unermesslichem Schmerz und Trauer. Der Schrei eines Menschen, der sich mit seiner Situation abgefunden hatte.

Was folgte, war ein Massaker. Christian rammte ihm die Klinge mit einer fliessenden Bewegung in das weiche, warme Fleisch. Die Schmerzen waren unglaublich. Es fühlte sich an, als würde seine Haut gewaltsam aufgerissen. Eine zähe Flüssigkeit lief dabei aus ihm heraus. Simon sah, wie sich das Gesicht seines Nachbarn veränderte. Er hielt seinen Arm fest, stach weiter auf ihn ein.

Wieder und wieder zischte das Messer hinunter in sein Fleisch. Ein weiteres gefolgt von noch einem weiteren Mal, in rascher Folge. Er wurde in die weite Dunkelheit gezogen. Er riss dabei die Kühltruhe um und es offenbarte sich der leblose Körper auf dem

Kellerboden. Sein letzter Schrei war schrill und ohrenbetäubend zugleich. Niemand war da, der ihn hätte hören können. Die Vorderseite von Simons Hemd war jetzt grellrot. Blut floss aus den losen Fetzen seiner Kleidung. Christian riss das Messer wieder und wieder hoch. Die Klinge tänzelte durch Simons Haut, welcher regungslos liegen blieb. Sein Gesicht gezeichnet von Angst, Schmerz und Erlösung. Danach herrschte Schweigen.

Christians Hände, sein Gesicht und sein nackter Körper waren voller Blutspritzer. Er stand nun wieder regungslos da. Seine Mary und der Nachbar lagen tot vor ihm am Boden. Teilnahmslos blickte er auf die beiden hinab. Simons Augen waren ihm aus den Höhlen getreten, sein Mund zu einer grauenvollen Grimasse verzerrt. Hätte er es gekonnt, so hätte er immer noch geschrien. Der von seinem Mobiltelefon beleuchtete Keller schien nun sehr hell. Die vereinzelten Sonnenstrahlen vermochten sich durch die Schlitze der Abdeckung an der Wand zu kämpfen und tauchten alles in malerisches Sepia.

Kapitel X - Abstieg

Ein winterlicher Nebel hatte sich über die Ränder dieser Welt gelegt. Seit jener schrecklichen Tat waren nun Monate vergangen und eine unsägliche Kälte hatte sich über das Land ausgebreitet. Aldersberg war leicht in Schnee gehüllt.

Die Tür des Hauses öffnete sich langsam. Draussen war es, so musste er feststellen, heller als erwartet. Das viele Weiss reflektierte das glitzernde Licht des Himmels. Christian trug eine schlichte dunkelgraue Mütze, die zu seiner silberschwarzen Winterjacke passte. Er wirkte zwar immer noch etwas bleich, jedoch weitaus weniger schlimm als noch vor ein paar Monaten. Er machte sich auf den Weg und stapfte zügig durch den Schnee auf seine Einfahrt zu. Seine Schritte hinterliessen Spuren im jungfräulichen Weiss. Seine Tritte knirschten, während sie den Schnee tief in den Beton des Gehweges drückten. Ein kalter Wind zerrte an seinen Kleidern. Die Bäume waren winterlich kahl. Es war spät an einem Wintervormittag. Weit entfernt war der Gesang eines einsamen Vogels zu hören. Christian wollte sein erst kürzlich fertiggestelltes Manuskript auf die Post bringen. Er hatte zwei bis drei Verlage gefunden, die an seiner Geschichte interessiert waren, also wollte er ihnen die komplette Arbeit zukommen lassen.

In der mit viel zu vielen Leuten überfüllten Postfiliale angekommen, stellte er sich geduldig in die wartende Reihe. Er starrte dabei auf die Frau hinter dem Schalter. Sie war eine immer noch hübsche Dame mittleren Alters, die ihre Haare leicht hellrot gefärbt hatte und sich mit einem Papiertaschentuch nach dem anderen die Nase putzte. Christian stand da, wartete darauf, an die Reihe zu kommen, und sah, wie sich die Frau jedes Mal aufs Neue die Nase mit einem sauberen Papiertaschentuch abwischte, welches sie dann gekonnt in hohem Bogen in den Eimer neben ihr warf.

„Er wird sicher bald überquellen", dachte er.

Die letzten abgestorbenen Blätter des Herbstes knirschten winterfrisch unter seinen Füssen, als er sich wieder auf den Rückweg machte. Es wehte nun eine kühle Brise und er knöpfte sich die obersten Knöpfe seiner Jacke zu. Er fühlte sich richtig gut in letzter Zeit. Er hatte sein Manuskript fertigstellen können und war fest davon überzeugt, dass es auch gut war. Solch ein positives Gefühl hatte er schon lange nicht mehr gehabt. Jedenfalls konnte er sich nicht mehr daran erinnern.

„Einen guten Morgen wünsch ich Ihnen, Frau Landolf." Sie erwiderte seinen Gruss zusätzlich mit einem Lächeln, als sie an ihm vorbeiging. Frau Landolf wohnte drei Häuser weiter und hatte, wie Christian in Erfahrung gebracht hatte, gerade ihr erstes Kind bekommen. Er bog in die Strasse seiner Siedlung ein und machte an der Laterne halt. Ein völlig durchnässtes Blatt hing daran:

Vermisst, Simon Jager

Vermisst wird seit drei Monaten Simon Jager. Dieser wurde zuletzt bei einem Spaziergang vor seinem Heim gesehen und gilt seither als vermisst. Etwa 186 cm gross, 79 kg schwer, sportliche, schlanke Statur. Er trug helle Jeans und einen karierten, grünen Faserpelz. Sachdienliche Hinweise sind gebeten an ...

Darunter war ein Foto seines ehemaligen Nachbarn zu sehen. Christian las sich den Text zum wiederholten Male durch, obwohl er ihn mittlerweile auswendig konnte.

Als der Mann verschwand, wimmelte es im Dorf von Polizisten und Ermittlern. Auch Christian wurde zweimal befragt und musste Auskunft geben, ob und wann er Simon letztmalig gesehen hatte.

Mittlerweile hatte sich der Rummel wieder gelegt und das einzige, was daran erinnerte, waren jene Zettel, die hier und da noch vereinzelt angebracht waren. Christian sah sich das Foto an. Simon Jager sah darauf ziemlich nett und freundlich aus. Wie er erst danach erfahren hatte, war Simon hier als Hauswart tätig und für seine Hilfsbereitschaft bekannt gewesen. Christian liess von der Vermisstenmeldung ab, hoffte, dass er bald gefunden würde und machte sich weiter auf den Weg.

Gegenüber von seinem Haus, genauer gesagt, da, wo Simon Jager zuletzt gesehen worden war, stand ein Mann. Er schien, auf Christian zu warten. „Hey Nachbar!" Seine Nase, seine Ohren sowie seine Wangen waren von der Kälte himbeerrot gefärbt.

„Hey", erwiderte Christian und blieb ein paar Schritte entfernt vor dem Mann stehen. Dieser machte die paar Schritte extra und kam Christian entgegen.

„Mein Name ist Aleksandar. Ich bin mit meiner Frau gerade neu hier eingezogen." Mit einer Handbewegung deutete er auf Simon Jagers früheres Daheim und streckte ihm seine Hand zum Gruss entgegen.

„Christian, aber Sie können mich gerne Chris nennen."

„Angenehm, Chris. Scheint eine nette Gegend zu sein. Etwas abseits, jedoch ist das in dieser modernen, hektischen Zeit wohl gerade richtig. Oder?"

Christian schwieg.

„Für mich jedenfalls. Ich meine, meine Frau kommt aus dem Wallis. Dort sieht es auch nicht viel anders aus. Naja, wie dem auch sei. Voll komisch die Geschichte mit meinem Vormieter. Da denkt man, so etwas passiert sonst nur in Grossstädten oder im Ausland."

Er kramte ein BIC-Einwegfeuerzeug aus seiner Tasche. „Zigarette?"

„Nein danke", erwiderte Christian.

„Macht es Ihnen etwas aus, wenn ich mir eine genehmige?" Er zündete sich eine Zigarette an und genoss bereits seinen ersten Zug. „Überhaupt nicht, ich wollte sowieso gerade rein ins Warme." Christian wollte gerade gehen.

„Apropos, bevor ich es vergesse", unterbrach ihn Aleks und stiess dabei etwas Rauch aus. „Falls du einmal Lust haben solltest, mit deiner Freundin auf eine Tasse Tee vorbeizukommen, würde es mich sowie meine Frau freuen." Er lächelte dabei.

„Meine Frau ist ebenfalls verschwunden."

„Oh, das wusste ich nicht. Mir wurde es jedenfalls nicht mitgeteilt." Er machte eine kurze Pause und nahm einen langen tiefen Zug von seiner Zigarette. „Zwei verschwundene Personen in so kurzer Zeit. Hat aber nichts mit dem Verschwinden von Herrn Jager zu tun, oder?" Christian, welcher nun sichtlich betrübt war, schüttelte den Kopf. „Nein, ich denke nicht."

„Vielleicht taucht sie ja wieder auf oder ist bei einer Freundin." Er wartete vergebens auf eine Reaktion und zog wieder lange an seinem Glimmstängel.

„Okay, Nachbar. Das tut mir leid." Er meinte es so.

„Mir auch." Christian drehte sich um, liess Aleksandar dastehen, wo er war, und ging zu seiner Haustür. Er blickte nochmals kurz zurück.

Und da war es wieder. Alles stand erneut still. Sein neuer Nachbar stand regungslos da und starrte ihn mit seinen leeren glasigen Augen an. Selbst die Rufe der Vögel und das Brummen der Autos waren abrupt verschwunden und zogen Christian erneut hinab in seinen Abgrund. Auf seinem Gesicht war der Ausdruck grenzenlosen Entsetzens festgefroren. Chris stolperte etwas unbeholfen rückwärts zu seiner Tür und griff panisch nach der Klinke. Aleksandar starrte ihn weiter argwöhnisch an, während Christian mit grossen Mühen die Tür aufmachte. „Nein, nicht schon wieder. Nein!" Er wollte schreien. Ihm war nun wieder richtig schlecht und es drehte sich der Magen. Seine Nackenhaare stellten sich auf. Sein Bauch brodelte wie wild und Christian war nun wieder voller Verzweiflung. Er knallte die schwere Eingangstür hinter sich zu. Die Welt um ihn herum schien sich zu verändern. Alles drehte sich. Die Wände schienen vor sich hinzuschmelzen. Sie wirkten, als wären sie an Lepra erkrankt und würden demnächst verfaulen. Er schloss die Augen und sah noch immer seinen neuen Nachbarn vor sich stehen. Von ihm strömte die Finsternis aus und schien, wieder alles einnehmen zu wollen. Mühselig streifte er sein Shirt ab und warf es in die weite Ferne. Im Badezimmer angekommen hielt er sein Kopf unter das eisige Nass. Sein Puls raste ins Unermessliche, schien explodieren zu wollen und wurde plötzlich auf der Stelle ruhig. Ein wilder düsterer Wind aus dem Abgrund seiner Seele. Es verwandelte ihn. Er versank nun vollkommen im Sumpf des Bösen. Er richtete sich auf. Blassbleich, abgemagert und finster, wie er war. In seinen Augen lag nichts als Schmerz.

„Mach ich dir Angst?", fragte er sein Spiegelbild und blickte sich dabei unverwandt in die Augen. Er hatte das Gesicht eines Mannes, der unwiderruflich verdammt war und jetzt dicht vor den rauchenden Pforten der Unterwelt stand. Sein Spiegelbild schaute ihm finster nach, während er ein frisches Hemd überstreifte und davonging.

Nachwort und Danksagung

Bereits als Kind war ich sehr belesen. Mein Vater sagte mir immer wieder, dass lesen bilde. Ich bekam von meinen Eltern einige schöne Bücher, welche meine Passion zum Lesen bereits früh entfachen konnte. Meiner Meinung nach gibt es nicht viel Schöneres, als in einem richtigen Buch zu blättern, eine neue Welt kennenzulernen und mit vollem Leib einzutauchen. Während der ersten sechs oder sieben Jahre in meinem Berufsleben verlor ich eben jene Passion, ehe ich sie vor wenigen Jahren wieder neu entdecken durfte. Und wie jeder, der viel und gerne liest, habe ich mich gefragt, ob ich wohl auch irgendwann einmal eine Idee hätte, die zu einem Roman taugt. Und eines Tages war er geboren. Der Wunsch selbst ein eigenes Buch ins Bücherregal stellen zu können. Also schrieb ich. Ich schrieb und schrieb, konnte zu Beginn jedoch nicht die Disziplin aufbringen, um mich langfristig mit meinen Werken zu beschäftigen. Es sollten dafür noch ein paar Jahre verstreichen.

Wie kam ich nun zu dieser Geschichte? Es war eine interessante Reise, denn Inferis ist meine erste Geschichte, welche ich zu Ende erzählen konnte. Alles begann an einem regnerischen Sonntagabend nach einem Kinobesuch mit meiner Freundin. Mir schossen bereits während der Heimfahrt tausende Geistesblitze, wie ich meine eigene Geschichte gestalten könnte, durch den Kopf. Eine gute Idee jagte die nächste. Da war er, der Gedanke, selbst einen Horrorstreifen zu drehen. Ja! Zu Beginn wollte ich gemeinsam mit meiner Hobby- Filmcrew selbst einen Film drehen. Dafür bräuchte es ein gutes Skript und ich würde dieses schreiben. Noch in jener Nacht griff ich, während ich bereits im Bett lag, zu Stift und Papier. Bis ungefähr drei Uhr morgens schrieb ich wie von Sinnen jede noch so absurde Idee auf meinen Notizblock. Angefangen habe ich mit einem banalen Mindmap. Anschliessend wurde alles miteinander verknüpft. Etwa um drei Uhr morgens stand bereits alles und am nächsten Tag hatte ich das gesamte Drehbuch auf Papier festgehalten. Doch bereits in den darauffolgenden Wochen beschlich mich die

Befürchtung, dass unsere Filmgruppe erst sehr viel später oder sogar nie meine Idee realisieren könnte. Also beschloss ich, die Idee in eine Kurzgeschichte umzuwandeln. Die Grundhandlung stand. Nun musste nur noch alles schön und spannend erzählt werden. So begann ich mit dem Schreiben.

Ich danke nun all jenen Menschen, welche mich in dieser Zeit ermutigt haben, meinen Traum weiter zu verfolgen und mit dem Schreiben weiterzumachen. Dazu zählen Michele M., Mirjam R., Meli T., Jamie M. sowie all die verrückten Hunde aus unseren verschiedenen Gruppenchats. Durch ihr stetiges Interesse an meinem Werk blieb ich an meiner Geschichte dran und war motiviert, sie zu Ende zu erzählen. Ich danke Damaris V. für die erste grobe Korrektur. Zudem möchte ich meiner Familie danken, Adriano, Fabio und Claudio, die von allen wohl am meisten überrascht waren, als sie hörten, dass ich ein Buch geschrieben habe. Und zuletzt möchte ich meiner Freundin danken. Nadin motivierte mich in jener Zeit unglaublich. Ihr widme ich meine erste Geschichte.

Michele Goi, irgendwo in Rüfenacht, bereits an seinem nächsten Projekt arbeitend.

Über den Autor

Der Schweizer Michele Goi, 1991 geboren, arbeitete nach der Schulzeit im Detailhandel, wo er auch seine Lehre als Detailhandelsfachmann erfolgreich abschloss. Nach einer beruflichen Neuorientierung in der Fitnessbranche machte er sein Hobby zum Beruf. Das Lesen von Büchern gehörte stets zu seinen Interessen. So begann er irgendwann im Jahr 2014 mit dem Schreiben eigener Werke. INFERIS ist seine erste Geschichte, welche den Weg in ein finales Buch gefunden hat. Weitere werden folgen.